光文社文庫

文庫書下ろし

海の家のぶたぶた

矢崎存美《ありみ》

KOBUNSHA

光 文 社

この作品は光文社文庫のために書下ろされました。

目次

海の家うみねこ

榎本扶美乃《えのもとふみの》は、履歴書《りれきしょ》を握りしめて、砂浜を歩いていた。

どうしてもバイトをしてみたい。いくら母に反対されても、この夏はそうするってずっと決めていたのだ。だから、内緒でバイトしようと考えていた。

夏休み前から、バイト先を探している。あまり長期にすると母にバレてしまうので、夏休みの間だけにしよう、と思っていた。出かけて一日何をしているのかと問われたら、

「学校で夏期講習《かきこうしゅう》を受けて、午後は図書館で勉強してる」

と答える。七月中はこれでいく。八月になったら一日図書館にいるって言えばいい。

そうなると、とりあえずは制服でバイトができる場所か、着替えられるところでないといけない。ファストフードやファミレスがいいかも。店の制服があるから。

けど、ファストフードとかでバイトをしたら、すぐにバレそうだ。接客業はあきらめた方がいいだろうか。スーパーやホームセンターの倉庫とか、そういう方がいいだろうか……。

でも実は、扶美乃は接客がしたかった。人見知りなところを克服《こくふく》したいからだ。今はまだ人見知りでも子供だからなんとかなっている。高校でもちゃんと友だちができた。が、これから成長したら、大学でもまた新しい交友関係を作らないといけないし、就職したらもっと対人スキルは必要だろう。

扶美乃はもっと積極的に人としゃべれるようになりたかった。母が「扶美乃は人見知りだから」と言うのを素直に信じていたが、もしかしてそうじゃないかも、と思ってきたからだ。

「人見知りっていうか、慣《な》れるまでちょっと時間がかかるだけだよね」

「そうそう。それだって人と比べてものすごく時間がかかるわけじゃないよ。ほんとにちょっとの差だよ」

と高校に入ってできた友人たちは言ってくれる。

それに、母の過保護《かほご》ぶりも気になる。扶美乃は少しのんびり屋なのだが、何もできないわけじゃない。慣れれば早くなるし。でも、母はなんでも先回りしてやってしまうのだ。今までは楽だと思っていたけれども、友人たちはのんびりしている扶美乃を待っていてくれる。その方がうれしいし、信頼されている、と感じる。

父はずっと海外の単身赴任《ふにん》で、家には母と扶美乃、そして小学四年生の弟の巡《めぐる》だけだ。父とはほとんど会えない。それは仕事が忙しいという理由だけなのか、といろいろ考えてしまうが、両親はそれ以上何も教えてくれない。決めつけないようにしているけれど、母は寂《さび》しそうだし、疲れているようにも見える。

それもまた、家にいたくない理由ってことになるんだろうか。別にひどい目に遭《あ》うわけではないから、いたくないわけじゃない。ただなんとなく、外での居場所も作りたいというか……「ここだけじゃない」って思いたいのだ。

中学の頃は部活に励《はげ》んだ。テニス部は厳しかったけれど、大会にも出られたし、体力もついたし、いい友だちもできて満足している。高校でも入ることを母にすすめられたが、運動部はもういいかなと思っている。料理が好きだから、家庭科部には入ったけれど、活動は今のところ週一回だ。

それより、学校以外にも居場所を作りたいのだ。

今日は初めてのバイト先になるかもしれないところへ面接に行く。

そこを知ったのは、偶然だ。バイト先として検討していたファストフード店でハンバーガーを食べていたら、隣に座っていたおばさんたちが話していたのだ。二人とも四十代くらいだろうか。ショートカットで細身の人が、ボブヘアで恰幅《かっぷく》のいい人に話しかける。

「ねえ、夏の間、あんたヒマなんでしょ？　海の家でバイトしない？」

「あー、おとといまでなら『するする』って返事したけど、今はダメなの。姑《しゅうとめ》が腰を痛めちゃって。ちょくちょく見に行くことになっちゃってねえ」

「バイト」という言葉に敏感《びんかん》になっているので、つい聞き耳を立ててしまう。

「あらー、ひどいの？」

「安静《あんせい》にしてなきゃなのに、マメな人だから、ほっとくと無理するのよね」

「あー、じっとしてないもんね、あんたのお義母《かあ》さん。じゃあしょうがないか。誰かいい人いない？」

「バイト？　海の家って、あの新しいとこ？　なんだっけ、うみねこ？」

「そうなの。待遇《たいぐう》はいいよー。ご主人は優しいし、まかないがすごくおいしい。今なら夏休み前だから、そんな大変じゃないし」

「あ、ご主人ってあの山崎《やまざき》さん？　でしょ？　それはいいなあ。お昼とか食べに行こうかな」

「来て来て！　かき氷おいしいんだよ！」

「えー、ますます惜《お》しいわあ」

海の家でバイトなんて、考えたことがなかった。海が近い街だから、海岸へ行っても海の家で休まずに家へ帰ってきてしまうからだ。一日いることもまずないし。友だちと行っても、各々《おのおの》の家へ帰るか、誰かの家へ行くかだし。

海の家は観光客のもの、という意識がある。

でも、そういうことなら、地元の人には見つかりにくいかも、と扶美乃は思う。しかも、海の家なら夏の間だけだ。そして夕方には人がいなくなる。夏休みの間のバイトにはうってつけだ。

扶美乃はお店を出てからすぐ海水浴場へ行ってみた。まだ夏休み前の土曜日で、暑いとはいえ海自体はそんなに混んでいない。

「うみねこ」という海の家はすぐに見つかる。

他のところがしゃれたカフェ風なのに、そこはなんだか古い感じの海の家だった。木の屋根は赤と青に塗《ぬ》られ、壁は白い。が、ところどころ剝《は》げている。何年も建っているようにも見えた。

自分の小さい頃はまだこういうのもあった気がするが、あまり利用しなかったので、同じものなのかどうかはわからない。

でも、店はにぎわっていた。おしゃれなカフェ風のところよりも。食事のメニューも、「ラーメン」「カレー」「焼きそば」「かき氷」とほんとに普通なのに。

今もバイトを探しているんだろうか。直接訊《き》こうか、と思ったが、少し気が引ける。よく見ると、壁に「アルバイト募集《ぼしゅう》」とポスターが貼《は》ってあった。電話番号も書いてある。

それをメモって、日陰に行ってから電話をする。ここまで来て直接訊けないなんて情けない。やはり人見知りなんだろうか、あたしは。バイト、できるかな……。

記されていたのは携帯電話の番号だった。かけてみると、男の人の声がすぐに聞こえた。

「はい、海の家うみねこです」

きゅっと緊張して、背がピンと伸びる。

「あ、あの、アルバイトを募集しているというポスターを見て、電話をしているのですが——」

うまく敬語が使えない……。

「まだ、募集してますか？」
「はい、募集してますよ。一度店に来ていただけますか？　今日の午後は時間ありま
す？」
優しそうな男性の声だが、落ち着くどころかどんどん緊張してくる。
「は、はい」
「じゃあ履歴書持って、午後中ならいつでもかまわないから、来たら声をかけてくださ
い。山崎って呼んでくださいね。お名前は？」
「榎本扶美乃っていいます」
「榎本さんね。わかりました。お待ちしてますね」
電話を切ってホッとする。それからあわてて履歴書を買って図書館で書いて、ここに
至るわけだ。
履歴書は時間もなかったからとても悩んで書いた。ほとんど埋《う》められない。資格なん
て何もない。ちょっと情けなかった。英語や漢字の検定《けんてい》くらい取っておけばよかったか
な……。でも、高校生なんてこんなもんだよね……と思いたい。
海の家うみねこの前で、扶美乃はしばし立ちすくむ。今度は逃げ帰ることはできない。

一つ深呼吸をして、店の中へ入る。

「あのー、山崎さんはいらっしゃいますか？」

今度はちゃんと敬語が使えるように、ちょっと練習した。

「はーい」

と出てきたのは、なんとさっきファストフード店で隣に座っていたショートカットのおばさんだった。そ、そうだよね、この人もバイトしてるから、ああやってお友だちを誘ったんだし。

え、でもこの人が山崎さん……？　あ、奥さんとか？　さっきの声は男性だったし？

「バイトの面接に来た榎本ですけど――」

「あ、今ちょっと山崎さん手が離せないから、待ってもらえます？」

彼女は扶美乃のことには気づいていないようだった。

「はい……」

「ここ、座ってて」

端《はし》のテーブルの椅子《いす》をすすめられる。

生まれた時からこの街に住んでいるが、あまり海の家になじみがないのでなんだか物珍しい。いろんな匂《にお》いがする。カレーや焼きそばの匂い、日焼け止めやもちろん潮《しお》の香りも。お昼を過ぎて、混雑というほどではないが、けっこう人がいた。みんなかき氷を食べている。大きいというか、ふわふわに見える。すごくおいしそう！　帰りに食べていこうかな……。

「はい、どうぞ」

おばさんが汗をかいたコップを持ってきてくれた。

「あ、すみません！」

「どうぞ、冷たいほうじ茶です。暑いから、一休みしてね」

実は暑いのと緊張でだいぶ喉《のど》が渇《かわ》いていた。冷たいお茶を一気に飲み干す。すごくおいしい。はーっとため息をつきそうになって、なんとかこらえる。まだ面接してないんだから、ここで安心しちゃダメ！

「お待たせしました〜」

背後から声がかかる。振り向くと、そこには誰もいなかった。ぬいぐるみが一つ、あった。

黒ビーズの点目、突き出た鼻、大きな耳の右側はそっくり返っている桜色のぶたのぬいぐるみ。バレーボールくらいの大きさの身体で、手足には濃《こ》いピンク色の布がひづめのように張ってある。

なんだろう。子供の忘れ物かな？　海にこんなぬいぐるみなんて連れてきたら、汚れちゃうだろうに。

それにしてもかわいい。しかも自立している。どういう仕掛け？　ここに立たせて、これから何かするのかな？

その時、ぬいぐるみの鼻がもくもくっと動いた。わー、すごい！　——と思ったと同時に、こんな声が聞こえてきた。

「面接希望の榎本扶美乃さん？」

さっき電話で聞いた声と似ているような気がする。でも、ぬいぐるみから聞こえてくるとしか思えないのはどういうこと？

「僕がここの店長の山崎ぶたぶたです。さっきは電話をありがとうございます」

何を言われているのか、わからない……。

扶美乃が呆然《ぼうぜん》とぬいぐるみを見つめていると、突然そのぬいぐるみはにっこり笑った。

ほんとに笑ったのだ！　どう笑ったのか説明はできないけど、確かにそう見えた。

すると不思議なことに、自分の気持ちがすっと落ち着くのを感じた。少しだけ周囲を見回す。さっきのおばさんやほかのお客さんは、みんな楽しそう——というか、普通にしていた。あ、ここではこれが普通で……あたしは、逃げ出す必要はないんだ、と思えたのだ。

「バイトの面接に来たんですよね？」

そう言われてハッと我に返る。そうだ。あたしはバイトがしたい。この夏休みに、ぜひとも。

ぬいぐるみは扶美乃の向かい側の椅子にぴょこんと飛び乗った。座らないで、立ち上がっているらしい。それでもまだ目線が低い。

「は、はい。よろしくお願いします」

扶美乃は頭を下げ、履歴書を差し出した。

「はい、ありがとうございます」

ぬいぐるみはまたにっこり笑った。いや、ありえないんだけど……やっぱりちょっとほっとしてしまう。

扶美乃がひどく戸惑っている間に、ぬいぐるみは履歴書にサッと目を通す。

「高校生ね。一年生――」

文字を追って鼻が左右に動く。ついつられてしまう。

「作業は簡単なものです。基本的に料理を運んだり、飲み物を作ったり表で売ったりするのがメインです。あとは掃除《そうじ》と洗い物。冷房なくて暑いから、マメに休んでね。体力はどう？」

説明する時も、鼻がもくもくしていた。ほんとにこのぬいぐるみ、しゃべってるんだ……。

「中学の時は運動部だったので、大丈夫だと思います」

しかし質問にはしっかり答える。背がひょろ高いので、体力なさそうに見られるのであるが。

「時間はお昼が一番忙しいから、その時間帯を中心に来てもらえるとうれしいです。うちは夜はやらないから、遅くても六時には終わります」

そのくらいだったら大丈夫かな……。門限どうしよう……。

「あ、保護者記入欄《らん》が書いてないね。親御《おやご》さんはバイトすることを知ってる？」

「えっ……」

そんなこと訊かれるとは思わなかった。

「未成年ですから、一応許可をいただかないとね」

ぬいぐるみからそんなことを言われるとは……。未成年かどうかは知らないけど、明らかにあたしより小さいのに！

「なんでそんなに絶望したみたいな顔をしてるの？」

ぬいぐるみの目と目の間にきゅっとシワが寄った。

「そんな顔してますか？」

あわててほっぺたを触《さわ》る。ぬいぐるみがうんうんとうなずく。

「親御さんには言ってないの？」

「はい……」

「忘れたのかな？」

「いえ……あの……」

言う必要なんかないし、バイトが決まればもう言わなくてすむ、と思っていた。

「もしかして内緒でバイトしようと思ってたの？」

「はい……」

「なぜ？」

優しい声だったけれど、顔を上げると点目がじっとこっちを見つめていた。強い。ビーズなのに、異様に目力が強いと感じた。

「あのう、バイトすること、すごく反対されたんです。けど……その理由がわからなくて」

母に「バイトがしたい」と言ったら、

「どうして!? おこづかいはちゃんとあげてるでしょ!?」

と猛《もう》反対された。そういう問題じゃない。なんだかよくわからないけど、働きたいのだ。高校生になってバイトができるようになったら、自分のおこづかいを自分で稼《かせ》ぎたい、とずっと思ってきた。

でも、扶美乃にはそれをうまく説明できなかった。他にも納得できないことがある。たとえば、門限が六時であるとか。友だちと寄り道もできない。それも改善してほしいと訴えたが、

「危ないから暗くなる前に帰らなきゃダメ」

とくり返す。小学生でもないのに。もう高校生だから大丈夫、と言っても、

「高校生だって女の子なんだから」

とにべもない。確かに物騒《ぶっそう》な事件は多いけれど、そんなの気にしていたらどこへも行けない。夜じゃなくても朝学校へ向かう途中だって、何があるかわからないんだし。

そう反論すると、

「屁理屈《へりくつ》ばかりうまくなって！」

とヒステリックに叫び始める。そうなるともう、扶美乃は何も言えなくなるのだ。こっちの言い分を一切聞いてくれなくなるから。

そんなようなことを全部ではないが、ぽつぽつとぬいぐるみに話してしまう。

「お母さん、心配性なんだね」

「過保護なんです……」

「紙一重《ひとえ》だよね。難しいけど」

ぬいぐるみからそんな言葉が出てくるとは。なんだか「生意気」って思っちゃう。お母さんはこういうふうにあたしのこと思ってるのかな。

でも、「生意気」と思っても、このぬいぐるみは本当は違うって扶美乃はわかってる。

「おこづかいに不満があるわけではないんだね？」

「あんまりお金使わないんです……」

金額も充分だと思うし、本や文房具や服などのお金は別に出してもらえる。友だちと何か食べに行ったり、休日に遊びに行くためなら、おこづかいの範囲で足りるのだ。

お金がほしいんじゃない。扶美乃は働きたいし、その中でいろいろな人と出会って経験を積みたいのだ。

「自立心があるんだね」

扶美乃は首を傾《かし》げる。今その言葉からもっとも遠いところにいるから、バイトがしたいというのが本音だ。

「うーん、でも内緒で雇《やと》うわけにはいかないから、やっぱり親御さんのご許可はいただいてくださいね」

「そうですか……」

思ったよりもずっとがっかりしてしまった。ここでバイトできたら、といつの間にか思っていたのかも。店長はぬいぐるみだけど。

一瞬、「許可をもらった」と嘘を言おうかと考えた。履歴書には自分で記入して、ハンコをこっそり押せば——。

「それとも、内緒でバイトをしたい事情があるの？」

そう言われると、残念ながらない。たとえば学費を稼ぐとか。生活費が足りないとか。そういうことを言えば雇ってもらえるんだろうか――。

いろいろ頭に浮かぶが、結局その嘘は、あの点目に見破られるんじゃないか、とちょっと怖《こわ》くなる。

「わかりました……」

早くしないとすぐに新しいバイトの人が来てしまう――。でも、今のところ、そう答えるしかなかった。

履歴書を返され、帰ろうと立ち上がりかけたが、さっき見たかき氷がおいしそうだったことを思い出し、

「あの、かき氷を食べて帰ります」

と言う。

「あ、ありがとうございます」

ぬいぐるみは椅子から飛び降り、カウンター上に置いてあるメニューを持ってきてくれた。それだけで何度ぴょんぴょん飛びはねたか。すごく面白いし、とてもかわいい。

なんて軽《かろ》やかなの？

メニューを見て、扶美乃はつい声を上げてしまう。

「わあ、いっぱいある！」

定番のいちごやメロン、レモンや練乳《れんにゅう》、宇治金時《うじきんとき》の他、黒糖《こくとう》きなこや紅茶？

「うちのかき氷のシロップは、自家製のが売りです」

少し値段は高めだけど、そう聞くと食べたくなる。お客さんのほとんどが注文しているみたいだし。

「じゃあ、いちごをください」

やはりここは定番のいちごで。宇治金時と迷ったけど。

「はい、少しお待ちください」

そう言って、ぬいぐるみが奥にひっこむと、急に不安になる。どうして自分がここにいるのかを思い出した。

ああ、どう母に言えばいいんだろう、と考えながら、ぼんやり外を見る。みんな楽しそう……。ああやって遊んでいるだけでいいのかも、とも考えるが、扶美乃はそれじゃいやなのだ。何かやりたい。何をすればいいのかわからなくても。今、やりたいと思うことを。

「おまちどおさま」

その声にはっとなると、もうかき氷が目の前に置かれていた。ぬいぐるみが持ってきたんだよね？　見てなかったけど——どうやって？　だって、同じくらいの大きさだよ、これ。

大きさはともかく、氷はすごくふわふわだった。そのふわふわの上に、いちごジャムみたいなソースがたっぷりかかっている。氷よりそのソースの方が重たく見えるくらいだ。早く食べなくちゃ。

扶美乃はさっそくかき氷をスプーンですくって、口に入れた。とたんに広がるいちごの香り。甘さと酸《す》っぱさと冷たさが、一気に喉へ降りていく。でも全然キーンとしない！　全部すっと溶けてなくなった。少し高いからって、普通のと大して変わりないだろうなんて思い込んでいたけれど、そんなことないんだ……。氷自体がまったく違う。すごく冷たくて溶けるいちごを食べているみたい——。

「おいしい……」

思わず声に出すと、忙しく立ち働くぬいぐるみが振り向いた。

「でしょう？　料理もおいしいから、食べに来てね」

「はい」

と返事はしたが、扶美乃はますますここでバイトをしたくなった。だってぬいぐるみと一緒に働くなんて、めったにできないことだ。ものすごくきついかもしれないし、お給料も少ないかもしれない。それでも、ここで――この山崎ぶたぶたというぬいぐるみと一緒に働きたいと思ったのだ。

なんとか明日までに母を説得《せっとく》しよう。

扶美乃はそう決意して立ち上がった。


「ただいまー」

母に言っておいた扶美乃の今日の予定は、「図書館で勉強」だった。一応、寄ってはきたし。

母に嘘をつくことにあまり抵抗《ていこう》感がない、ということに少なからずショックを受けていた。だって、こっちが正直に話していても、それをまったく認めてくれないんだもん。「ダメ」とか「禁止」とか言うだけで、その理由は説明してくれないし、問い詰めるとヒステリックになってしまう。

ぬいぐるみは「お母さんは心配性」とか言っていた。それはそうなんだと思う。でも多分、母は心配してイライラする気持ちをこっちにぶつけているだけなのだ。どうして心配しているのか、それを説明してくれれば、まだ言いつけを聞こうとするかもしれないけど、それは決して言ってくれない。言わないのか、言えない（わからない）のか。

どうなんだろうか。

どちらにしても、母にとっての扶美乃は、まだ子供なんだろう。「ダメ」と言えば素直に言うことを聞くと思っている。どうしたらそうじゃないってわかってくれるのかな。自分自身に説明する力が足りないというのもわかっているけれど。

「バイトをしたい」と言った時の言い争いをもう一度くり返したくなかったが、仕方ない。

「おかえりなさい」

母が出てくる。

「お母さん、話があるんだけど」

「何？」

「着替えてくるから、ちょっと待ってて」

着替えながら、扶美乃はドキドキしていた。絶対にバイトをする、と決意はしているが、説得できる自信はない。

居間へ行くと、母はソファでお茶を飲んでいた。扶美乃も冷蔵庫から麦茶の容器を取り出して、コップに注ぎ、隣に座る。

「それで、話って何？」

「あのね……やっぱりバイトがしたいな、と思って」

母の眉《まゆ》がつり上がる。本で「形相《ぎょうそう》が変わる」ってよく読むけど、それってこういうことなんだなってくらい表情が変わった。最初に言った時よりすごい。

「前にも言ったでしょ？　ダメよ」

「どうして？　ダメならその理由を教えて」

ヒートアップしないよう、とにかくこっちは冷静でいることを心がける。

「ダメなものはダメなのよ」

またただ。また言われた。

「海の家でバイトしたいの。今日面接にも行って来たけど、親の許可が必要って言われて――」

「海の家なんてなおさらダメです」

「どうして⁉」

つい大きな声が出てしまう。

「変な人たちがいるかもしれないでしょう？」

へ、変な人……？

「今日海の家にいた人は、普通の人たちみたいだったよ」

「変な人は本当にいなかったの？」

「……いないよ」

人では。変なぬいぐるみはいたけど。

「何か隠してるの？」

「違うよ！」

話しても本気にしてくれなそう。

「働いていたら変な人も来るはずよ」

「変な人ってどんな人なの？」

「不良とか、そういうのよ」

「だからそういうのは、全部排除《はいじょ》できないでしょう？」

ダメなことが一つでもあると、全部ダメになるなんておかしい。

「じゃあお母さんは、どんなバイトなら許可してくれるの？」

「高校生の間はダメ」

絶望感があふれる。さっきもきっと、同じ顔をしてたはず。

「勉強してればいいのよ。お金を稼ぐことなんてまだ考えなくていいの」

何を言っているのかよくわからない。

「お母さんはあたしに貧乏《びんぼう》になってほしいの？」

「そんなこと言ってないでしょ⁉」

「言ってるも同然だよ。働いてお金をもらうしか生きていけないじゃない」

そういえば、母は専業主婦だった。昔は働いていたらしいけど。パートに出たこともなかったような。

「そういうことじゃないのよ、そういうことじゃ……」

「じゃあ、ちゃんとわかるように説明してよ！」

「とにかくダメなものはダメなの！」

「お母さんっていっつもそればっかり！」

結局冷静ではいられなかった。

「お母さんが人見知りって言うから直そうと思ったのに！」

「人見知りは悪いことじゃないでしょ⁉」

「悪いことじゃないけど、あたしはいやなの！」

人見知りって言われてたからそう思ってただけで、ほんとは違うかもしれないのに。

それを確かめたいのに。

「お母さんがダメなら、お父さんに訊いてみる！」

「やめなさい！」

「お父さんがいいって言うなら、それでいいでしょ！」

言ってから「その手があったか」と思ったが、父がどんな反応をするのか、まったく見当もつかなかった。母の「やめなさい」もよくわからない。

扶美乃は居間を飛び出し、自分の部屋へ戻った。さっそく父にメールしてみる。

『夏休みに海の家でバイトしたいけど、お母さんが許してくれない。おこづかいくらい自分で稼ぎたい。どうしたらいい？』

……うまい文章など出てこず、結局このまま送ってしまう。そういえば、父とはメールなんてほとんどしないな……。いきなりこれだけ送って、「いいよ」って普通言ってくれるだろうか……「お母さんに相談しなさい」で終わりそう。ああー、もっと作戦立ててから送ればよかった。でも、そんなこと自分にできるとは思えない――。

「お姉ちゃん――」

弟の巡が、怯《おび》えたような顔で部屋をのぞいていた。

「あ、いたんだ」

「下でお母さんとケンカしてたでしょ」

「ああ、ごめん……」

「お母さん、お姉ちゃんが帰る前から機嫌《きげん》が悪かったよ」

「えっ、あたしが帰ってくる前から？」

「そう」

タイミング悪かったらしい。

「なんで？」

「わかんない……。パソコン見てたら、急になんかクッション投げたりしてて」

「ええー？」

何それ……。母は割とヒステリックな言い方はするが、物には当たらないし子供をぶったりもしない人なのだが。

「メール……かな？」

ネット見て腹が立っても、そこまで当たらない気がする。

「なんだろう。いったいどういうこと？」

その時、下から母の声がする。

「買い物行ってくるから！」

すぐあとから、けっこう乱暴に玄関のドアが閉まる音がして、家の中はしーんと静まり返った。

「機嫌悪いね」

巡が改めて言う。

「話をするには最悪なタイミングだったんだ……」

「そうみたいだね」

巡の訳《わけ》知り顔に、扶美乃はため息をつく。

「明日までになんとか許可をもらいたいのに！」

「バイトの？　許可もらわないとダメなんだ」

「未成年だから必要なんだってさー」

「高校生でもめんどくさいんだね」

「ほんとだよ」

「明日までって〆切《しめきり》とかあるの？」

「違うよ。別の人が入っちゃうかもしれないでしょ？」

「人気なの？」

「らしいよ」

乏《とぼ》しい情報しかないが、あそこへ行くとそんな気がしてくる。少なくともかき氷は人気だ。バイトまで人気かどうかはわからない。

「どうするの？」

「お母さんが帰ってくるまで待つしかないね。さっきお父さんにメールしたけど、ここにいないんじゃどうにもなんない」

「そうだね……」

巡は少し寂しそうだった。

その時、玄関のチャイムが鳴った。

「荷物かな？」

下に降りて、ドアホンのモニターを見る。

「えっ、嘘！」

その声に驚いたのか、巡も階段を降りてくる。扶美乃はあわてて玄関に走って、ドアを開ける。

「お父さん！」

「えっ⁉」

後ろから巡も走ってきた。

「……ただいま」

しばらくぶりに見る父が、玄関先に立っていた。ヨレヨレのシャツとチノパンを穿《は》いて、大きなリュックを足元に置いている。顔は無精《ぶしょう》ひげだらけだ。

「……おかえりなさい……」

扶美乃と巡はとっさにそう言うが、最後に会った時とだいぶ違っている父に思い切り戸惑っていた。

「鍵、持ってないの？」

ついそんな変なことを訊いてしまう。

「いや、持ってるけど、しばらくぶりだから……」

なんとなく気まずい会話を立ったまます る。

「お母さんは？」

「お母さんは買い物に行ったよ」

「え、いつ？」

「さっき」

父はちょっとショックを受けたような顔をしている。

「あ、そうなんだ……」

「入ってよ」

とてもびっくりしたような顔をしている。

巡が玄関に降りて、父の荷物を取る。重そうだが、なんとか持ち上げた。それに父は、

「うん……」

「あ、ありがとう」

「お父さん、おかえりなさい……」

何を話したらいいのかわからないようで、巡はもう一度くり返す。

「ただいま……」

父もわからないようだ。とにかくぎくしゃくしている。

「あ、扶美乃、メールありがとう」

我に返ったように父が言う。

「さっき来た。お父さん、バイトはいいと思うけど、お母さんの意見も聞かないとな」

「お父さんが帰ってくるって知ってたら、メールしないで直接言ってたよ」

扶美乃が言うと、

「え、知らなかったの？」

「うん」

「お母さんにメールしといたのに……」

「ああっ」

巡があわてて家の中に駆け込んでいった。リュックを引きずりながら。

「とにかく、中で座ろうよ」

「お、おう……」

扶美乃と父が居間に入ると、巡が家族共有のノートパソコンをのぞきこんでいる。共有と言いながらも、結局はほぼ母が使っている。

「このメール？」

巡がメーラーの画面を指さす。

『明日、家に帰ります。一時帰国ではなく、横浜に転勤《てんきん》になります』

なんともそっけない父のメールだった。

「お母さん、さっきこれ読んで機嫌が悪かったんだよ」

巡っ、もうちょっと言い方を——そのとおりだったとしてもっ。父は、またショックを受けたような顔になる。

「明日ってことは、昨日メールを出したの？」

「時差《じさ》を計算して、そうなるように出したんだけど」

「日にち書いてないね」

「忘れたから、二通目に日付書いておいたよ」

両方既読《きどく》にはなっていたが、

「お母さん、今朝読んで、明日帰ってくると思ったのかな」

あわてて二通目をよく読んでなかったのかも。

「そうかもね」

また巡が訳知り顔で言う。

「でも、なんでこんな切羽詰まったメールなの？　もっと早く知らせてくれればよかったのに」

「前にも転勤になりかけたんだけど、土壇場《どたんば》でダメになったんだ。トラブルがあって……。今度はもう、絶対に帰れる、変更がきかないって時期になってから知らせようとしたら、前日になっちゃって」

お父さんはどんな会社に勤《つと》めているんだろう。

「お母さんはどこに買い物に行ったんだろう？」

いくつか近所にはスーパーがあるので、その中の一つかハシゴをするかなのだが——普通に買い物へ行ったわけではないかもしれないので、そこにいるかどうかはわからない。

「待ってればそのうち帰ってくるんじゃない？」

多分。

「そうかもな……」

「はい、お父さん、麦茶」

巡の方がずっと気がきく。

「座って休んで」

疲れているに違いない。

みんなで居間のソファに座るが、なんだか無言になってしまう。三人が三人ともモジモジしている。いけない、何か話をしなければ。気まずくならず話ができるように接客のバイトをしたいと自分で決めたんじゃないか。

「巡、学校はどうだ？」

「楽しいよ」

「そうか」

ううう、それで会話を終わらせないで。ほら、友だちの間で流行《はや》ってるギャグとか言えばいいじゃん。昨日やってたやつ！

しかしやらない。何を今さら恥ずかしがってんだよー。

「扶美乃」

うっ。

「バイトしたいって言ってたけど、その海の家ってどういうところなんだ？」

「あっ、あのね、さっき面接してきたんだけど、店長の……人が、いい……人で」

「……なんだその間は」

「あ、いや、ほんとにいい……人なんだよ」

おそらく。しかし「人」と言い切れなくて、妙な間が入ってしまう。

「バイトはいいけど、変なところでやらないようにはしてもらいたいな」

「あたしも変なところでしたくはないよ」

母は「変な人」と言っていたけど、それはお客さんが、みたいな意味だったな。

「未成年だから、保護者の同意が必要なんだって。もらってからまた来なさいって言われた」

「そうなんだ。前からある海の家？」

「それは知らない」

お、ちょっと会話が弾《はず》んでいる。

「でも、なんか昔っぽい感じの海の家だった」

「へー」

そういえば父も母もこの街で生まれ育っているから、海の家のこと知ってるのかな？

でも、知ってたら——あの店長のことも知ってるってことじゃない？

「あのね、その海の家の店長の……人は、山崎さんっていうんだって」

「山崎さん？　知らないなあ」

「あ、海の家の名前は『うみねこ』っていうの」

「……うみねこ。そういう名前の海の家、昔あったよ。なつかしい。店長は山崎じゃなかったけど」

「昔にもあったんだ」

「お前たちを海に連れていった時にだって、あったんだよ。扶美乃が小学生の頃にはまだ。最近は知らないけど……」

父が海外単身赴任を始めたのは、扶美乃が小学校二年生くらいの時だ。家族で引っ越すには過酷な土地ということで、父だけで行った。地元に互いの両親の実家もあるので、その方が楽だと判断をしたらしい。と、どっちかの実家で大人たちが話しているのを聞いた。

「去年はなかったよ」

巡が言う。

「去年は、そこに海の家自体もなかった」

よく記憶しているな。そう言われてみればそうかもしれない。

「へー、今年になって昔と同じ名前の海の家が復活《ふっかつ》してるってことか」

父の声は、なんだか楽しそうだった。

「扶美乃、お前がバイトしたいって言ってる海の家に、行ってみるか」

「ええっ、突然？　出かけてる間にお母さんが帰ってきたらどうするの？」

「スーパーにも行ってみようよ。電話かメッセージすれば、すれ違いにもならないだろう？」

「まあ、そうだけど」

「さっき出しといたけど、まだ返事ないよ。読んでもないよ」

まったく抜け目のない子だな、巡。


三人でまずは一番近いスーパーに行ってみた。そこからメッセージを出してみたが、やっぱり既読にならない。

「電源切ってるのかな……」

ちょっと不安になる。電話は留守電に切り替わってしまうし。けど、そんなマメに返事をする方でもないのだ、母は。

店内をグルグル回ったが、母らしき人影はない。

母のことは心配だし、変な散歩ではあるが、なんだか楽しかった。父とスーパーに来るなんて、何年ぶりだろう。

次に、海に近いスーパーへ行ってみた。ちょっと高級店だったりするのだ。しかし、ここにも母はいなかった。

「ほんとに買い物なのかな……」

またまた不安になる。

「大丈夫だよ。そのうち返事来るよ」

父はのんびりとそんなことを言う。巡は緊張が解けたのか、いろいろおいしそうなものを買ってもらっている。珍しいフルーツとか、外国のパンケーキの粉とか。誰が作るんだよ、それ。

「じゃあ、海に行ってみようか」

もう一軒のスーパーは帰りに寄ることにして、三人は海岸へ行った。

「ここだよ」

「うわー！」

父はそう言って、立ち尽くした。

「そっくりだ……」

最初見た時は確かに古い感じと思ったけれど、本当は違うってことなんだよね？

「でも、新しい海の家だよ、これは」

父が確信したように言う。

「そうなの？」

「そっくりだし名前も同じうみねこだけど、違うよ。でも、すごくなつかしい」

「お父さん、アイス食べたい」

巡が言う。ソフトクリーム、というのぼりをガン見している。

「暑いからなー。少し休んでいくか」

母のことが気になるが、確かに暑い。かき氷、もう一杯食べてもいいかな……。

「わーい」

巡が先に立って海の家へ入っていった。が、扶美乃と父がたどりつく前に、出てきた。

「どうした？」

「ぬいぐるみがかき氷作ってる」

巡が棒読みみたいに言う。

「ええー？」

何言ってんの、という顔で、父と店に入る。そういえば、さっきはかき氷をどうやって作っていたのか、というのは全然気にしなかった。気落ちしていたので、誰がどうやって作っているとか見なかったのだ。

店の奥のカウンターに巨大な氷かき器が置いてあるのに今気づいた。そのハンドルをさっきのぬいぐるみ——ぶたぶたがグルグル回している。勢い余って飛んでいきそうなくらい。

「いらっしゃいませー、あっ」

ぬいぐるみはすぐに扶美乃に気づいたようだった。

父を振り返ると、やはり呆然としていた。

「あの……人がね、山崎さんなの」

扶美乃が言うと、

「ああー……なるほど」

と言った。

「知らないはずだな。一度会ったら忘れない」

それはそうだ。

「お父さん、外国でいろいろ驚く人に会ったけど、こんな……人に会ったのは初めてだ」

ほら、「人」って言いにくい。

「いらっしゃいませー。あら、今度はご家族で？　お好きな席へどうぞー」

さっきお茶を出してくれたおばさんが声をかけてくれる。

父はずっとぬいぐるみを見ていた。かき氷が終わったら、今度は大きな鉄板で何やら野菜を炒《いた》め始めた。鉄板！　焼けてしまわないか？　持ってるヘラ、大きい！

巡もさっきあんなにびっくりしていたのに、今はぬいぐるみの動きに釘《くぎ》づけだ。

「あれが本当に店長？」

「そうみたいだよ」

鉄板で手際《てぎわ》よく料理を作っているのを見ていると、時間を忘れてしまいそうだ。なんだが、映画でも見ているみたい。

「海水浴客じゃない人もいるんだな」

父が店内を見回して言う。遅いお昼を取っている人もいるらしい。

「ごはんおいしいんだって」

と受け売りを言う。

「へー……」

と同時に、父の腹が盛大に鳴った。

「お父さん、お腹空《す》いてたの!?」

巡がお腹をさすってあげる。

「うん、実は……」

父はちょっと恥ずかしそうだった。

「メニューどうぞ～」

おばさんがお茶とメニューを持ってきてくれる。カレー、ラーメン、焼きそばなど、すぐに出てくるようなものがメインだ。

「ラーメン食べたい～」

「あんたの食べたいものは聞いてないんだよ」

すっかり巡ははしゃいでいる。

「ラーメンは熱くないか？」

「冷やし中華でもいいよ」

「それはないけど、この汁《しる》なし味噌麺《みそめん》ってなんだろう？」

注文を取りにきたおばさんに訊いてみる。

「ピリ辛《から》の肉味噌と冷たい麺を和《あ》えたものです。汁なし担々《たんたん》麺に似てますけど、あまり辛くないです。調節できますけど。あと麺を温かくもできます」

「じゃあ巡はその冷たいのをお父さんと半分こにするか。扶美乃は？　お腹空いてる？」

「かき氷食べたいな……」

さっき食べたけど。

「じゃあ、それを頼みなさい。何にする？」

「宇治金時が食べたい……」

迷ってやめたやつ。

「俺、ソフトクリームも食べていい？」

「じゃあ、それでお願いします」

お父さん、気前がいい。

ほどなく、おばさんが汁なし味噌麺を運んできた。茹《ゆ》でた野菜と薬味《やくみ》の上に肉味噌が載っている。

「混ぜて食べてください」

父が底のタレと肉味噌を混ぜるのを、なぜか巡と一緒にじっと見つめてしまう。おいしそう。

「巡、先に食べるか？」

「ううん、辛くないかお父さん確かめて」

「じゃあ、いただきます」

ズルズルっと豪快《ごうかい》に麺をすする。けっこう赤いけど——。

「うん、そんなに辛くない。すごく食べやすいよ、おいしい」

父はそう言って、巡に器を寄こす。巡も一口食べて、

「おいしい。ちょっと辛いけど」

「ほんと？　あたしにも食べさせて」

扶美乃も一口食べる。

「あ、確かにあんまり辛くない」

肉味噌がちょっとピリ辛なだけで、あとは辛くない。野菜も茹でたものだけどしゃきしゃきだ。麺は太めで、タレによくからむ。麺が冷たいから、するする入る。

「お姉ちゃん、食べ過ぎだよ。お父さんお腹減ってるって言ってたじゃん」

と言いつつ、巡もどんどん食べる。気に入ったらしい。ほんとにおいしい。

そこへ宇治金時とアイスが運ばれてきた。なんと、ぶたぶたが。かき氷、ふわふわだからあんまり重くないと思うけど、容器もあるしトレイもあるし——ぬいぐるみには重いのではないか。でもよたよたもしていない。身体もつぶれていない。

あれ？　でもカウンターで氷削ってなかったな……。

「どうぞ、宇治金時とソフトクリームです」

「あの、あれで氷作ってるんじゃないんですか？」

カウンターを指さして、ぶたぶたに訊いてみる。

「あ、あれは普通のかき氷用なんです。これみたいなふわふわなのは、奥でやってます」

そうなんだ。

「うわあ、おいしそう」

巡はあまり宇治金時に興味がないようで、さっそくソフトクリームを舐めだす。

扶美乃も本日二杯目のかき氷をいただく。

抹茶だけかかっているところを食べてみると、なんと甘くない！　苦いけど、濃くてとてもいい香りだ。あずきや練乳と食べると、それぞれの甘さが引き立つ。あー、全部ぐちゃぐちゃに混ぜちゃダメかな。お行儀悪いかなあ。

「ちょっとくれ」

父が一口すくって口に入れる。「おっ」という顔になった。

「うまい！」

その満面の笑みに、扶美乃はなぜか泣きそうになる。なんだか……うれしくて。

「あの……このうみねこって、昔もあった海の家と同じ名前ですよね？」

父がぶたぶたにたずねている。

「あ、そうです。もしかして地元の方ですか？」

「はい。ここで育ってます。外観も似ているんで、びっくりしました」

「実は海の家の組合の方と知り合いになりまして、それで今回、この海の家をやることになったんですよ」

「昔のうみねこをやってた方と知り合ったんですか？」

「いえ、違うんです。もしかして店主の船尾《ふなお》さんをご存知でしたか？」

「そうですね。世話になりました。もう亡くなってますよね？」

「おとしお亡くなりになったそうです。海の家はもう、何年もやられていなかったそうですけど」

「そうですよね。だから余計になつかしいな……」

「昔の写真なんか見せていただいて、せっかくだから似たものにしようと思ったんです。実はわたし、秋からこの街でカフェをオープンしようと思ってて、そのご縁で組合の方と知り合ったんですね。そのカフェの名前も『うみねこ』にしようと偶然にも思ってたもんで」

次から次へと父とぶたぶたが話していくが、なんだか本当のこととは思えなかった。すごーく現実的な話をしているんだけど、実際その話をしている片方はぬいぐるみで——ラーメンやら焼きそばやらを作り、かき氷も作り、おそらくソフトクリームもグルグルしているはず。

「すみませーん」

お客さんに呼ばれる。

「あ、はーい。どうぞごゆっくり」

ぶたぶたはそう言って、呼ばれたお客さんのところへ向かう。

「扶美乃、お前はここでバイトしたいんだな」

「うん……」

ごはんもおいしかった。かき氷もっと食べたい。

「お母さんは、なんでダメって言ったんだろう？」

「わかんない。過保護なんだよ、きっと」

そう言うと、父は首を傾げる。

「この海の家を見れば、お母さんはダメって言わないかもしれないなあ」

「どうして？」

「あ！」

巡が声をあげて外を指さしている。

「お母さん！」

ほんとだ。母が大きな荷物を抱えて、こっちを見ている。呆然と突っ立っている、という感じだ。

父は立ち上がり、ゆっくりと外へ出ていく。

「巡、ちょっとここにいて」

ソフトクリームをなめなめ、巡がうなずく。

外では父が母の荷物を持ってあげていた。すごい量だ。スーパーを全部回ったらしい。

「メッセージ出したんだよ」

「……ほんと？　気づかなかった」

片手があいて、ようやくスマホを見ている。

「今日だったんだ、帰ってくるの……明日かと思った。びっくりした」

母はぼそぼそとそんなことを言った。

「帰りにここ通って、海の家見て、またびっくりしちゃって……」

扶美乃は、思い切って言ってみる。

「お母さん、あたしここでバイトしようと思ってるんだよ」

「そうなの……」

母は「ダメ」とも言わず、なんだか夢を見ているような目で海の家を見ている。

「そっくりだろ？」

父はなぜかニコニコしている。

「うん……名前も一緒だ」

そのあと父が言ったことに、今度は扶美乃がびっくりしてしまった。

「昔のうみねこで、お母さんは高校生の時、バイトしてたんだよ」

「……ええーっ!?」

それなのになんで、あたしのバイトを反対したの!?

「お父さんとお母さんが出会ったのも、その時だったんだ」

妙に照れた様子で、父が言った。


父と母は二人ともこの海辺の街で生まれ育ったが、学区が違ったので子供の頃はまったく面識がなかったのだそうだ。高校一年の夏休みに、旧うみねこでバイトをしていた母が不良に絡《から》まれていたところを父が助けてくれたのだという。

「心配だからって理由でお父さんが毎日のように海の家に通ってくれて、それで仲良くなったの」

こんなところで両親のなれそめを聞くことになるとは。

「お母さん、自分がバイトしてたのに、どうしてあたしのバイトは反対したの？」

「それはね……」

お母さんはしばらく黙っていたが、やがて、

「バイトは怖いこともあったから、つい……」

「思い出したんだよな、きっと」

父が助け舟を出す。母はうなずいた。

「お父さんみたいに助けてくれる人がいるかどうかわからないから……」

「それはそうだけど……そう言ってくれれば……」

「お母さんは、一人でずっとお前たちを守ってきたんだよ」

父が言う。

「帰ってこない父親のかわりもずっとやってきたんだ。一人で守りきれないから、過保護になっていたんだよ。ごめんな。お母さんにも、お前たちにも」

父の言葉に、母が静かに涙を流し始めた。母が泣くのなんて、初めて見た。寂しそう、悲しそうということはあったけれど、泣いているのは見たことがなかった。

やっぱり泣かないようにしていたんだろうか。お母さんだから。

「ごめん……なんかいろいろ……うれしくて……」

母がそう言って笑い、父を見上げた。その顔はなんだか——女の子みたいだった。お

父さんに助けてもらった時の母は、こんな少女だったんだろうか。

「あっ！」

その時、父の後ろから桜色の影が走り出た。何⁉　ぶたぶた⁉　素早すぎる！

「ナイスキャッチ！」

巡の声もする。ぶたぶたが母の買い物袋から落ちそうになっていた玉子のパックをすんでのところで受け止めていた。地面スレスレだ。危なかった。

「あ、すみません」

「いやあ、さっきからこぼれそうで気になってて――」

ぶたぶたから玉子のパックを受け取る父を見て、母の涙は引っ込んだようだった。

「何⁉」

「この人が、今のうみねこの店長だよ」

「ええっ⁉」

母が固まって叫んだ。父がこっちを見て笑っている。ぶたぶたはきょとんとしている。

夏は始まったばかりだ。今年はこの浜辺で、ずっと過ごすことになりそう、と扶美乃は思った。

きっと、ぬいぐるみのせい

戸叶尊《とがのうみこと》は、急いで水着に着替えて、更衣室《こういしつ》の外へ出た。

今日は彼女の雛子《ひなこ》と海水浴に来たのだが、予定よりも遅くなってしまった。もう昼過ぎだ。午前中には来るはずだったのに。

乗った電車が途中で止まってしまったので、誰のせいでもないが、雛子の機嫌は悪い。

そりゃそうだよな。楽しみにしてたのにこんなに遅くなってしまったら……。

海もだいぶ混雑していた。平日とはいえ、もちろん夏休みだし、今日はこの夏一番の暑さと天気予報で言っていた。みんな海に行きたがるはずだ。でも、とてもいい天気。

これは海で泳いだら気持ちよさそう！

雛子は更衣室の外で待っていた。が……。

「あれ？」

着替えていない。さっきと同じワンピース姿のままだ。

「どうしたの？」

雛子はなかなか返事をしない。

「更衣室、混んでた？」

その問いには返事をせず、彼女は口を開いた。

「尊、あのね――」

「どうした？」

「今日はあたし、このまま帰るよ」

「……え？」

一瞬何を言われたのかわからなかった。

「それを言うために、ここで待ってた」

「そんな、さっきまではここで遊ぶ気あったんだろう？」

それにも雛子は答えない。そんな気はなかったけど、ここまで来たってこと？

「とにかく帰るから」

バッグを肩にかけ直して、彼女は踵《きびす》を返す。

「ちょっと待ってよ、帰る理由は？　ここまで来るのに時間がかかったせい？」

疲れてしまったのかも。

雛子は振り向き、しばらく尊の顔をじっと見て、やがて、

「あのぬいぐるみのせいだよ」

と、もっとわからないことを言った。

「え？　何、ぬいぐるみ？　どういうこと？」

「わかんないの？　じゃあ、わかるまで連絡しないで」

雛子はスタスタと砂浜を歩いていった。すぐに人混みに紛《まぎ》れて、見えなくなる。

何？　いったい何が起こったの？　雛子はなんであんなに怒ってるの？

俺って、もしかしてふられたの？

「ええー……」

思わず声が出た。いや、まだ別れたというわけじゃない。そういう話じゃなく、とにかく「帰る」と言っただけだ。そうだ、そうだよな……。

けど、「わかるまで連絡するな」と言っていた。「ぬいぐるみのせい」ってなんなんだ？　まったく思い当たらない。なんのこと言ってるの？

突っ立ったままグルグル考え続ける。このまま別れてしまうんだろうか。初めての彼女なのに。

雛子とは高校の同級生だ。一年生の時は友だちで、二年生の時に尊から告白してつきあった。今年で四年目だ。二人とも大学二年生だが、学校は違う。

大学に入ったあたりから、忙しくなったせいもあって、デートの回数が減ったのは感じていた。それはお互いさまだが、雛子には不満だったのだろうか。尊としては、なるべく彼女を優先していたつもりなのだが。どうしてもダメな時はあったけれども、それは雛子だって――。

いかん、何が原因かわからないし、「ぬいぐるみ」というのも謎なままだ。

ジリジリと背中が熱くなってきた。このまま突っ立っているわけにもいかない。とにかく、どこかでゆっくり考えなければ。

あたりをキョロキョロ見回す。とりあえず、近くに海の家があったので、そこへ入ってみた。

するとそこには、大きな鉄板で焼きそばを作っているぶたのぬいぐるみがいた。

ぬいぐるみ!?

再び呆然と立ち尽くすが、どう見てもぬいぐるみだった。桜色の身体にエプロンをつけ、頭にははちまきのように布を巻いている。突き出た鼻、黒ビーズの点目、大きな耳の右側はそっくり返っている。バレーボールくらいの大きさなのに、大きなヘラを握って、ものすごくリズミカルに麺を混ぜていた。

「ぬいぐるみのせい」と言われてこんなものを見るとは——何これ、異世界？　何をきっかけに迷い込んだの？　ふられたから？　ふられたショック⁉

「ふられた」って二度続けたら、ダメージでかかった……。

そこで尊はハッと気づく。もしかしてこのぬいぐるみのせいなのではないか、と。自分が更衣室から出るまで、雛子はこのぬいぐるみと接触したのかもしれない。そして、尊がふられるきっかけを与えた——。

いや、それもさっぱりわからないというか、さらに混乱してしまう。自分とぬいぐるみがまったくつながらない……。

尊は、海の家の入口で座り込んでしまった。なんか……疲れてしまったというかなんというか……。

「大丈夫ですか⁉」

顔をちょっと上げると、ぬいぐるみの顔が見えた。黒い点目のどアップにひるむ。マジかよ、ほんとにぬいぐるみだよ。

「熱中症《ねっちゅうしょう》かな？」

いやいや、そこまでやわじゃない。多分。多大なショックは受けているけれども。

「ちょっと座りなさい」

ぬいぐるみなのに妙に上から目線。でも、言われたとおり、座敷の上り口に座る。

「水持ってきてあげるからね」

「いや、大丈夫です……」

聞こえるのが親切そうな中年男性の声だったから、つい敬語になってしまう。ぬいぐるみの声のはずない。誰か他の人がそばにいるはず──とちょっと顔を上げて見たが、ぬいぐるみしかいないようだった。お客さんにおじさんはいるが、ちょっと遠い。まさかほんとにこのぬいぐるみの声？　自分より年上の声としか思えない。どう見ても自分よりも小さいんだけど。

なんだかほんとに気分が悪くなってきた。もし自分の見ているものが幻《まぼろし》だったら？

でも、なんでそんな幻なんか見るんだ？　もしかして、ふられたショック？

そんなにショック受けたの、俺？

えー、自覚ないけど、そうなのかな……。

「はい、どうぞ」

コップが目の前に差し出された。冷たそうな水だ。コップが汗をかいている。受け取って口に含むと、本当においしかった。喉は確かに渇いている。水分が身体に染《し》み入る～。

はー、落ち着いたら、もしかして幻覚も消えるかも、と思ったが、そんなことはなく、今度は鉄板でチャーハンらしきものをせっせと作っているぶたのぬいぐるみが目に入ってきた。ごはんパラパラじゃないか！　さらに手早くいくつかの皿に盛って、

「はい、チャーハンできたよー」

と声をかけている。バイトらしき高校生くらいの女の子が、それをトレイを載せて運んでいく。ぬいぐるみは、鉄板を素早く掃除してから、今度は何やら白っぽい麺を炒め出した。あれは……もしかしてゆでたスパゲティ？

しばしのち、ケチャップの甘酸っぱい香りがしてきた。ナポリタンをまた山ほど作っている。

いかん、幻覚ひどくなってるかも。いかに時間が昼飯時真《ま》っ只中《ただなか》で、自分の腹も空いているとはいえ。

店内を見回すと、みんな普通だ。家族連れやカップル、友だち同士などで普通にテーブルや座敷に座り、食べたり飲んだり、休んだりしている。水着姿ではない人も多い。ぬいぐるみが料理を作っていることは、あまり気にしていないようだ。見えているはずなのに。

さっきの女の子やもう一人のバイトらしき背の高いおばさんも一時も遊んでおらず、テーブルを片づけたり、飲み物を作ったり、パックの焼きそばを売ったりしてテキパキ働いている。

「大丈夫？　気分よくなった？」

ぼんやりしていたら、ぬいぐるみが声をかけてきた。

「あ、だ、大丈夫です……」

びっくりして声が震える。

「ほんと？」

目間にシワが寄ってる。疑っている顔だ。

「ほんとです。さっきまでどこも悪くなかったんだから！」

と立ち上がる。あ、めまいが——なんてこともなく、すっくと立って、特に問題は起こらない。

「一人なの？　それとも、お連れさんがどこかにいるの？」

それを訊かれるとつらい……。しかし、

「一人です……」

となぜか正直に言えてしまう雰囲気がこのぬいぐるみにはある。

「泳ぎに来たの？」

「まあ、そうなんですけど……連れがちょっと帰っちゃって」

彼女とは言いにくい。

「えっ、はぐれて？」

「いえいえ……都合が悪くて……」

ぬいぐるみはそれ以上訊かなかったけど、なんとなく真実がバレているのではないか、と思えてならなかった。点目に思ったよりも表情がある、と感じてしまうのは、こっちの単なる思い込みなんだろうか。

「あ、何か注文します……」

「無理しなくてもいいですよ」

「いや、なんかさっきから匂いかいでたら、お腹すいてきちゃって」

これは紛れもない真実だった。朝食べてないし。

「焼きそばください」

ちょっと色の薄い焼きそばを作っていた。それが食べたい。

「はい、お待ちください」

そう言って、ぬいぐるみはまた鉄板で焼きそばを作り始めた。豚肉の細切れを炒め、野菜はキャベツともやし、そこに麺を合わせる。

出てきたものは、ソース焼きそばではなく、中華焼きそばっぽかった。醤油の香りだ。麺は柔らかめで、あんかけじゃないのにタレが麺によくからむ。野菜はシャキシャキだった。添えられている辛子《からし》と一緒に食べたり、酢をかけると、味が変わって面白い。

しかも量が多い。尊は充分満足した。

「はー、うまかったー」

とくつろいでいてもしょうがない。これからどうしよう。

一応着替えたから泳ごうか、とも思うが、着替えの手間がかかるわけでもなし、最悪このままシャツ着て帰ったって大した違いはない。

この海の家は居心地がいいが、お昼の時間帯だし、長居をするのも悪い。正直、もう少しぬいぐるみが料理を作る様子を見ていたい、とも思うが、そういうわけにはいかないだろう。

お金を払って外に出る。カッと照りつける太陽に一瞬ふらつく――ということはないが、驚いたことに何もする気が起こらない。帰る手間をすっ飛ばして、もう寝たい気分だ。ふられたダメージがじわじわ来ているらしい。

それは、いかにも楽しそうな人々の姿を見ていたからだろうか。店にいた人も、外で遊んでいる人も、家族連れやカップルが多い。一人でいるなんて、自分くらい――と気づいたダメージかな、こりゃ。

やはり家に帰るべきかも。

でも、家に誰か（おそらく母）いたら「もう帰ってきたのか」と言われてしまう。誰もいないというのに賭《か》けるか、あるいはこの近所のネカフェにでも行くか。心ゆくまでぐったりしてから、帰った方がいいかもしれない。

こっちからは何通かメッセージを出しているけれど、雛子からは全然連絡がなかった。なんでふられたのか、まだわからない。ほんと説明してほしい。

そうだ、「ぬいぐるみのせい」って言われたんだった。

さっきのぬいぐるみに問いただすべきなのだろうか。けど、チャーハンや焼きそばを作っている姿を見ていたら、このぬいぐるみはただの海の家でガンガン働いているだけのおっさんにしか見えなくなってきて――。

それでも、たずねないと後悔《こうかい》するかも、という思いは消えない。

どうしようかな、と海の家の前でウロウロしていたら、

「君、今大丈夫？」

……また声をかけられてしまう。今度はぬいぐるみではなく、水着ではない男性だった。しかしこの「大丈夫」はさっきのぬいぐるみと同じ意味ではないだろう。

「え、なんの用ですか？」

「ちょっと訊きたいことがあるんです」

え、何を？　つい警戒してしまう。

年の頃は三十歳くらいで、白いTシャツに膝丈のカーゴパンツを穿いていた。あのぬいぐるみ以外で今の自分に声をかけるのは、ライフセーバーくらいかな、と思ったけれど、どう見てもそうではない。色が白すぎる。

「訊きたいことってなんですか？」

「さっき君が彼女さんとケンカしていたの見たんですよね」

「えー」

ひどくマヌケな声が出る。あれを人に見られていたと思うと、急に恥ずかしさがこみあげてきた。

「で、僕は実はライターなんだけど」

唐突な自己紹介だな。一応名刺を出された。内田公夫《うちだきみお》、とあるけど、知った名前ではない。しかし、添えられているペンネームというか、ハンドルネームにはちょっと見憶えがあった。ネットでこの人の書いた記事を読んだことがある。面白かったという記憶も。いや……はっきり言うと「しょうもない」とか「くだらない」と言うべきか。いい意味で。人がやらないことを好んでやるというか……なんというか。

「海水浴場に一人でいる人にインタビューしているんです」

こりゃまた直球な……心をえぐる言葉を。しかし、この人ならやりかねない、というような記事を書いている人なのだ。

「もしよかったら、インタビューさせてもらえませんか？」

うーん、ヒマだし……別にいいんだけど。気晴らしにもなるかもしれない。そしたら帰る気力出てくるかな。

「名前は伏せてもらえるんですよね？」

「もちろんです！　謝礼もちょっとだけ出しますんで。できれば写真、いいですか？　顔出しNGなら、首から下だけとか、顔にモザイクかけるとかしますから」

「いいですよ」

あとで後悔するかな、と思ったけど、まあいいか。インタビューなんてめったにしてもらえることないだろうし、この人面白そうだしな。

「あ、じゃあ、ここの海の家でどうですか？」

これでもう一度入るきっかけにはなる。

「いいですね。なんかおごりますよ」

「昼飯はさっき食べたばっかりです」

「じゃあ、かき氷は？　ここ、かき氷がおいしいって聞いたんで」

へー、さすがそういう情報もつかんでいるんだ。

「暑いからいいですね」

中に入って、席に座ると、さっき忙しく働いていた女の子が注文を取りに来る。尊を見て「あれっ?」という顔をするが、素知らぬふりでメニューを差し出す。

「うわ、かき氷のメニューめっちゃある」

ほんとだ。こんなにあると迷ってしまう。

「俺、レモン好きなんですけど、レモンとレモンティーがある——気になる」

内田が言う。

「レモンティーは女性にとても人気です」

女の子が説明してくれる。

「他に人気なのは何?」

「このカラメルと自家製練乳とか。一番人気はやっぱりいちごなんですけど。いちごも自家製シロップです。トッピングもいろいろありますよ!」

とおすすめしてくれるが、こっちは男二人——いや、俺は好きだぞ、かき氷。夏には必ず食う。

「トッピングはフルーツ、アイス、ソフトクリーム、練乳、あずき……他にもいろいろあるんだね。君のおすすめの味とトッピングは何?」

「わたしが好きなのは宇治金時ですけど、みんなおいしいです！　凍《こお》ったマンゴーやいちごもありますよ」

なんだろうか。自分が好きなかき氷と違うものばかり。

内田はしばらく悩んだ末に、

「じゃあ、二番人気のカラメルと練乳にしようかな」

「はい」

「俺はいちごをください。練乳も」

実はいちごミルク好きなのだが、ちょっと頼むのが恥ずかしかったりする。

「自家製シロップの方でよろしいですか？」

「そうじゃないのもあるの？」

「普通のシロップもあります。かき氷も普通のとふわふわのが」

ほんとだ。値段が違う。けど高い。悩んでいると、内田がはりきった声で、

「自家製のにしましょうよ。なんか他のも食べたくなってきた。もっと頼みますよ」

と言う。

「えっ!?」

「サイズも小さいのがあるし」

ほんとだ……。なんなのここ。かき氷専門店？

「マンゴーと宇治金時……いや、やっぱり宇治抹茶をください」

「はい、わかりました」

「とりあえずそれで」

ええー――と一瞬思うが、氷だから水なんだよね。暑いから、それくらい食べられるか。冷房もないし。

「あ、すみません。グルメレポもやってるんで、気になるとつい多めに頼んじゃうんです」

「なるほど」

「それでは、さっそく始めさせてもらいますね。まずお名前は？」

そういえば名乗っていなかった。

「戸叶尊って言います」

「え、どんな字を書くんですか？」

スマホで入力して見せると、

「君、めっちゃ名前かっこいいな！」

と言われる。名前はね、名前は──昔からよく言われることなので、もう慣れた。

「『めっちゃかっこいい名前のTくん』としておきます」

なんだろうか、もしかして怒るところ？　けど、そんなに気にならないのは、まだ自分がショックを受けているから？　わからん……。

「一人なんですね。カメラマンさんがいるかと思いました」

「あ、もしかして記事読んだことありますか？」

「あります」

ブックマークまではしていないが、たまにのぞいて笑わせてもらっている。

「ブログに毛が生えたようなものなんで、基本一人で取材をしてるんです。たまに人がいる時もありますけど、その方が少ないかな？」

はー、そうなんだ。

「それで、単刀直入にお訊きしますが、一人で海水浴場に来た理由は──」

「それ、見てたってさっき言いましたよね？」

「話のきっかけとして、一応ね。そうですね。彼女さんが帰ったところをたまたま見まして」

「一人で来たっていうか、一人にされたってことですけど。一人で来る人より、そういう方が多いように思いますが」

「そうかも！　けど、そういう人はすぐに帰るんじゃないですかね？」

「まあ、そうでしょうね？」

「そう思って一回りしてきたら、まだいらしたんで、それで声かけたんです。なんですぐ帰らなかったんですか？」

「ええと、それは――あっ！」

思わず視界に入ってきたものに声をあげてしまう。内田は背を向けているので、まだ気づかない。

ぬいぐるみが、かき氷を運んできたのだ。ぬいぐるみ、この人ライターだよ、取材されちゃうよ！　ネットに記事書かれちゃうよ！

という驚きもあったのだが、それよりもかき氷だ。どう見ても大根おろしに醤油をかけたとしか思えないものなんだけど！

尊の声に内田が振り向く。

「えっ！」

どっちに驚いたんだろうか。

「はい、カラメルに練乳です」

ぬいぐるみがテーブルにかき氷を置く。そのあとすぐ、女の子がいちごと宇治抹茶とマンゴーも持ってきた。

内田はやはり、ぬいぐるみをガン見していた。

「抹茶にはお好みでこの白蜜をかけてください」

とおちょこ（ぬいぐるみからすればそばちょこくらい）のような容器を置き、

「どうぞー、溶けないうちに召し上がれ」

鼻をもくもくさせて言うぬいぐるみに目を丸くしている。二人が席から去ったあと、彼はかき氷となぜか尊を見比べて、口をパクパクしている。

「――なんでっ、驚かないんっすか⁉」

あ、そういうことね。

「内田さんが一回りしている間に、ここで焼きそば食ってたんです」

「焼きそば⁉」

なぜそんなその悲鳴のような声を。

「さっきのぬいぐるみが作ってましたよ」

内田は「はあ？」というような顔で固まってしまう。

「それより、食べません？　すぐ溶けちゃいますよ」

「あっ」

かき氷に初めて気づいたように見る。

「それ、大根おろしじゃないんですよね？」

「そ、そのはず……あっ、ちょっと待ってください」

突然はっとした内田は、猛烈な勢いで写真を撮りだした。「溶けちゃう溶けちゃう」

と言いながら。やはりこういうのは忘れないんだな。俺なら食べてから思い出すけど。

「どうぞ、食べてください！」

「いただきまーす」

尊はいちごをすくって口に入れる。氷、本当にふわふわだ。一瞬で溶ける。

「うう、うまい――！」

ちょっとびっくりした。海の家だし、こんなに本格的なものが出てくるとは思わなかった。練乳があまり甘くないのだ。これももしかして自家製？　市販《しはん》のよりもミルク感が強くて、香りもいい。いちごのシロップというかジャムと氷と溶け合って、甘酸っぱいのにすごくまろやかだ。

ええー、海の家で採算《さいさん》とれるのかな、と心配してしまったが、けっこう高かったな、と思い出す。

「うまいな、これ！」

内田が向かい側で声をあげる。大根おろしと醤油、ではなく、カラメルと練乳を食べながら。

「食べて食べて」

とすすめるので、遠慮なくいただく。うわ、何このカラメル。けっこう苦い。でも今度は練乳の甘さが引き立つ。すごく上等なキャラメルがとろりとかかっているようだ。練乳、有能だな！

「えー、何ここ。ちょっとおいしいって評判は聞いたけど、めっちゃおいしいじゃん」

「誰から評判聞いたんですか？」

「この海岸にいた女の子たちに」

取材をしているのか、ナンパをしているのか。

「マンゴーは凍らせた果肉削《けず》ってある！　ソフトクリーム載せてもよかったな」

「それはうまそうですね」

「戸叶さんは、甘いものもいける口なんですか？」

「そうですね、割と好きです」

「なるほど～」

なんだろうか「なるほど」って。

「宇治抹茶、これ本物の抹茶なのかな？　それともシロップ？　どっちだと思います？」

「わからないです」

そんなに味にうるさいわけではない。抹茶は甘くなかったけれど、こういうシロップもありそう。蜜をかけると甘くておいしい。

「蜜が別になってるから、本物なのかな……？　あとでお店の人に訊いてみよう。取材させてもらえないかなー」

半分ほど食べる頃には、もうかき氷は氷ではなく飲み物になってしまっていた。暑いところで食べるから、これはしょうがない。でも、全然キーンと頭痛くならなかったな。

「じゃあ、インタビューの続きを――」

そうだ、そうだった。忘れているかと。

「ええと、なんですぐ帰らなかったのか、って訊いたところからでした」

あ、ちゃんと憶えてるんだ。

「ちょっとゆっくり考えようと思って、この海の家に入りました」

「そうですか」

「そしたら、ぬいぐるみが焼きそば作ってたんで、びっくりしちゃって」

「ああ――」

内田は振り向き、しばらくじっとぬいぐるみを見る。今はまたチャーハンを作っていた。さっき焼きそば食べたのに、つい食べてみたいと思ってしまうようなチャーハンを。

「……びっくりしますね」

今改めてびっくりしたような口調だった。

「ちょっとクラクラして、座り込んだら、水持ってきてくれたんで、焼きそばを注文して食べました」

えらく省略したな、と自分でも思ったが、やったことはこれだけなのだった。

「焼きそば、うまかったです」

「なるほど……」

内田はなんだか笑いをこらえているような顔を傾げた。

「ということは、ぬいぐるみがいたからすぐ帰らなかったってこと？」

「あっ、そうなんですよ。ぬいぐるみ！　彼女がね、謎の言葉を残して帰っていったんです」

「えっ、何なに？」

「『ぬいぐるみのせい』って言ったんですよ。なんだと思います？」

「……え？」

彼はさらに首を傾げた。

「何を言われたのかわかんないですよ。『わかるまで連絡しないで』って言われたし。それもあって、ついここに長居をしてしまったというか……あの——」

と厨房《ちゅうぼう》にいるぬいぐるみをそっと指さす。

「——ぬいぐるみのせいで、俺たちは別れたってことなのかな、とずっと考えてまして」

内田はぬいぐるみと尊を何度も見比べて、

「えー……そうですね。わかんないね」

と言った。

「更衣室に入るまでは一緒にいたんで、何かあったとしたら俺が更衣室を出るまでの間ってことですから——ぬいぐるみってあのぬいぐるみしか思いつかないわけです」

「ふむふむ」

内田はじっと考え込む。

「じゃあ、訊いてみましょうよ」

「えっ⁉」

「だって、ほんとは訊いてみたかったんでしょう？」

「はあ、まあ……」

勇気が湧くまでウロウロしていたわけであるが。

「かき氷のことも訊きたいし、それ口実にして呼んでもらいましょうよ。空いてきたし」

周りを見渡すと、昼時の忙しさは少し緩和《かんわ》されたようだった。さっきはちょっと行列できてた。外で焼きそばやチャーハンのパックを買う人も多かったみたいだが。

内田がテーブルを片づけている女の子に声をかける。

「すみません、この抹茶って甘くないけど、もしかして本物使ってます？」

「あ、そうみたいですよ。くわしいことは店長しか知らないんですけど」

「店長さんって、さっき一緒に運んできた、人？」

若干の躊躇《ちゅうちょ》が感じられる。

「そうです」

「じゃあ手が空いた時でいいから、店長さんにお訊きしたいんで呼んでもらえますか？」

「はい」

ぬいぐるみは店長だったのか！　ぬいぐるみ店長——あまりにかわいい。焼きそば作ってたけど。プププ、と吹きそうになる。

かき氷の残りの汁をズズとすすっていると、ぬいぐるみがトコトコと近寄ってきた。エプロンとはちまきをはずしている。本当にただのぬいぐるみだ！　いや、最初からそうなんだけど。

「どうも。何かご質問があるようで」

内田は再び少し固まる。尊も改めてまた近くで見ると、ちょっと緊張してしまう。

「あの、この抹茶って本物ですか？」

内田はすぐに立ち直り、そう質問した。すごい、動揺《どうよう》しているようには見えない。いや、この人のことよく知らないけど。

「そうです」

「すごくおいしいですね！」

満面の笑みで言う。不躾《ぶしつけ》なようで憎めないのは、この笑顔というか、邪気《じゃき》のなさだ、と尊は気づく。一人で海水浴場にいる男にインタビューしようなんて、意地悪な人のように思えるが、この人は単に、本当に好奇心というか探究心しかない。みたいに見える、ということだ。会ったばかりの人にそんなふうに感じさせるのが、この人の才能なんだろうか。

「ありがとうございます」

ぬいぐるみがちょっとびっくりしたような顔に見えたのに、尊は驚く。ぬいぐるみよりびっくりしているはず。そして、なんだかうれしそうだった。

「白蜜ももしかして自家製？」

「そうです」

「抹茶もまさかたてているってわけじゃないですよね？」

た、たてている？

「いえ、それはさすがに無理ですけど、朝にその日の分は作っておきます」

「たてているってなんですか？」

口をはさむのは悪いかな、と思いつつ、つい。

「お茶はたてるっていうんですよ。抹茶をシャッシャかきまぜて」

内田が右手をクルクル回す。

「ああー」

あれを「たてる」っていうのか、と納得したが、え？

「こだわっているところだと、毎回それをやるらしいんです」

「ええっ」

尊はつい声をあげてしまう。そこまで？

「その方がおいしいっていうのはわかってるんで、いつかはそうしたいと思ってるんですけど」

「いつか？　でも海の家は夏だけですよね？」

内田が言う。

「秋からこの街でカフェを開店予定なんです。かき氷も出しますから、そこでは一回ずつ抹茶をたてたいなと思っていて」

え、ぬいぐるみがシャッシャするっていうの？

「ええー、それ素晴らしい！　ぜひ取材させてください！　カフェもこの海の家も！」

感極まったように、内田が叫ぶ。

「いいですよ」

とぬいぐるみはあっさり。出された内田の名刺を、ぼこぼこの手に載せてもらうようにして受け取る。かわいい、そして意外なことに、ぬいぐるみも彼のハンドルネームを知っていた。

「えっ、ご存知なんですか？」

「はい、読んだことありますよ。あの――」

と尊も知っている記事のタイトルを出す。

「そうですそうです！　いやー、うれしいなー」

「わたしは、山崎ぶたぶたと言います」

そんな名前なんだ——ぴったりすぎる、と尊は思う。

「フードや外観の写真はいいですか？」

「いいですよ。わたしの写真はNGですけど」

手（掌に見えないけど掌の方）を前に出して言う。目と目の間にキリッとしたシワが寄った気がした。

「いや、無理強いはしません」

尊は雑誌やネットの記事でぬいぐるみの写真の下に「店長の山崎ぶたぶたさん」と書いてあったら、と想像する。どちらにしても「顔出しNGなんだな」としか思えないなあ。

「海の家は、これからオープンのカフェのいい宣伝になりそうですね！」

「そうかもしれませんね。地元の人もけっこう来てくれるし」

「やはりかき氷に惹《ひ》かれて、ですか？」

「食事の方が多いですね」

「焼きそば、うまかったですよ」

尊が言う。

「あ、ありがとうございます。ご気分はよくなりましたか？」

「はい、すっかり」

「こちらが、お連れさん……？」

「いえいえ、僕はたまたま声をかけて。そしたらこんないい海の家を紹介してもらっちゃってー」

「あー、じゃあ今日は取材というわけじゃないんですね？」

「そうです。取材するなら前もってご連絡しますけど、偶然にも来てしまったもので」

「じゃあ、今日は海に遊びにいらしたんですか？」

「いえ、別の取材で。この人にインタビューしようと思いまして」

そうだった。せっかく呼んでくれたんだった。

「ええっ、あ、お邪魔しました、続けてください——」

そそくさと去ろうとするぶたぶた。しっぽがくるんと結んであるのを発見。

「あ、ちょっと待ってください」

と内田が呼び止める。

「なんでしょう？」

「この人が、店長さんに質問があるんだそうですよ」

「あ……」

そうだよな、ほんとは自分から言わなくちゃいけないのに。

「すみません、ありがとうございます」

「いえいえ」

内田はおばさんを呼び止めて、飲み物を注文してくれた。なんか、いろいろ気がきく人だ。

「すみません、ちょっと……山崎さんに訊きたいことがあるんですが」

「はい？」

「もちろん、お時間あったらでいいんですけど」

「大丈夫ですよ。お昼の時間からはずれてますし」

「あの～……えーと、ぬいぐるみと言ってしまってもいいんでしょうか？」

「いいですよ。ぬいぐるみですから」

あっさりと肯定される。ほんとにぬいぐるみなんだ——と何度同じ驚きを味わうのだろうか。

「実は俺の連れが——ぶっちゃけ彼女なんですけど、帰ってしまった時に、謎の言葉を残していったんです」

「謎の言葉？」

内田と同じように首を傾げるが、これがとてもかわいい。

「それが——『あのぬいぐるみのせいだよ』って」

微妙な空気が流れた。おばさんがコーラとジンジャーエールを持ってきて、内田はコーラをジュージューすすり始める。

「え、それはもしかして、わたしのせいってことですか？」

ぶたぶたはとても驚いたような顔になった。不思議だが、それがわかる。声のトーンもあるだろうけど、表情をどう出しているのだろうか。

「いや、それはわからないんです。それで訊きたいのは、彼女に今日会いましたか？こういう顔の子なんですけど——」

スマホで雛子の写真を見せる。まさに今日撮ったものなので、服装も同じだ。

ぶたぶたはスマホをしばらくのぞきこんでいたが、顔を上げた時には困惑《こんわく》していた。何、その微妙な表情。

「会っていないと思いますけど……」

「だとしたら、遠くからあなたを見たってこともありえますよね」

「それはそうですけど……遠くから見ると、わたしはますますぬいぐるみですよ」

なんだこの会話。

「更衣室のあたりで別れたんですよね？」

内田が言う。この海岸にはいくつか更衣室があるが、一応ここから一番近い。

「はい」

「じゃあ、この海の家のあたりで山崎ぶたぶたさんを見たとしても、小さくしか見えなかったはずだ」

「でもわたし、お昼くらいから全然外に出ていないんですけど。ずっと料理を作ってたんで」

「えー、じゃあ――」

まったくの無関係なのか？

「じゃ、『ぬいぐるみ』って……？」

ふりだしに戻る。

「多分、普通のぬいぐるみのことを彼女さんは言ったんだと思いますよ」

人違い、じゃなかった、ぬいぐるみ違いか？　ぬいぐるみが言うと説得力がある気がする。それにしても「普通のぬいぐるみ」とは。これもこのぬいぐるみにしか言えない言い回しだ。

「何かぬいぐるみに関しての記憶はありますか？」

「ええー……」

再び混乱してきて、頭が回らない。

「ぬいぐるみと言っても着ぐるみとかもありますけどね」

内田も加勢《かせい》してくれる。

「そう言う人もいますよね」

「でも、たいていはちゃんと分けて言いますよね」

「おそらくは」

二人の会話を聞きながら、尊は考え続けた。

「あっ」

もしかして。

「思い出しましたか？」

多分そうだと思うけど、でもなんで？

「ぬいぐるみ……去年の彼女の誕生日にあげました」

「おお、それじゃない？」

内田は適当な感じで言う。

「すごく大きなテディベアをあげたんです」

このくらい、と手で大きさを示す。ぶたぶたよりもずっと大きい。

「喜びましたか？」

尊の手を見上げるようにして、ぶたぶたがたずねる。

「はい。とても」

だから、それじゃないと思うのだが。

「今までの中で一番大きかったから」

「今まで？　これまでもぬいぐるみあげてたの？」

「はい。今まではこれくらい――」

あ、ぶたぶたと同じくらいだ。

「――小さなテディベアだったんですけど、去年は大学生でバイトもできるから奮発して大きいのにしました」

「ぬいぐるみだけ？」

内田が言う。

「そうですよ」

「あ、そうなんだ……」

内田とぶたぶたが顔を見合わせた。

「他に何あげようとか、考えた？」

「え、彼女はテディベアが好きだって聞いてたし、今までも喜んでくれたから、それ一択だよなって」

「今までいくつ誕生日プレゼントあげたんですか？」

「三回です。最初はデートしてた時に『あれ、かわいい！』って言ったぬいぐるみをあげて、次の年も同じようなのを選んであげたんです。その時も喜んでくれましたよ。ぬいぐるみが好きだから」

「なるほど〜」

なぜか内田とぶたぶたの声が重なる。

「え、もしかしてそれなんですか？」

「いや、それは俺たちにはわからないけど、試しに言ってみれば？」

尊は、雛子にメッセージを送った。

『もしかして、去年の誕生日にあげたぬいぐるみのせい？』

しばらくして、

『そうだよ！』

と返ってきて、尊はショックを受ける。

「そんな！　あげたの去年なのに！　その時怒ればよかったじゃん！」

「いや、その時は怒ってなかったと思いますよ」

ぶたぶたが言う。

「いや、怒ってた？　まあ、怒るまではいかないというか……」

なんだか煮え切らない。

「ぬいぐるみだから気持ちがわかるんですか？」

「いや、ぬいぐるみの気持ちじゃなくて、彼女さんの気持ちですが」

「……どういうこと？　俺が悪いってことですか？」

内田が、なぜか尊の肩をポンポン叩く。

「君は、多分とてもいい子なんだと思うよ。君は悪くない」

「そうですね、わたしもあなたが悪いことをしたわけじゃないと思いますよ。ただちょっと勘違いをしたんじゃないかと」

「何を？」

また内田とぶたぶたが顔を見合わせる。

「彼女がぬいぐるみが好きって勘違いですね」

ぶたぶたが言う。

「え、でも……あげたら喜んでたし……」

「誕生日のプレゼントとしてのぬいぐるみに罪はないですよ」

ぶたぶたが言うと妙な説得力が。

「彼女もぬいぐるみは好きなはずでしょうけど」

「なら、いいんじゃないでしょうか？」

「でも、ほしいものはぬいぐるみじゃないというか、ええと……」

ぶたぶたは、なんだかとても言いにくそうだった。何が言いたいの？

「もっと高価なものの方がよかったんですか？　指輪とかあげた方が喜んだんですかね？」

金の使い方を間違えた？

「うーん、そうではなくてですね――」

目間にぎゅううっとシワが寄る。すごい。苦悩しているのがわかる！　でもなんで？

「たとえばさあ」

と内田が口をはさむ。

「君が山崎ぶたぶたさんに会いたいって思ってたところに彼女が本人を連れてきてくれたらうれしいですよね？」

「ええ、そうですね」

社交辞令ではなく、そう思う。

「楽しくおしゃべりしたり、かき氷や焼きそば作ってもらったりする」

「はい」

「また会いたいなあ、と思ったりするでしょ？」

「もちろん」

「じゃあってんで、今度は彼女がテディベアを連れてくる。普通に店で売ってるやつ」

「はい」

「とってもかわいいけど、動かないし話さないし料理も作らない。なのに『山崎ぶたぶたさんを連れてきたよ』って言われたら？」

「それは違う！　って言います」

「まあ、そういうことだよ」

尊は一瞬で固まってしまった。

「君の彼女が本当に『ほしい』と思ってたのは、最初にあげたテディベアだけだったんですよ。ぬいぐるみが好きだったんじゃなくて、それが好きだから。それ以外は違うものだったんだってこと」

なんか……すごくわかりやすく説明してもらった……。

「な、なら、そう言ってくれても……」

「言ってたじゃないですか、ぶたぶたさんが」

内田がニコッと笑う。

「あ……」

「ぬいぐるみ自身の貴重な意見なのに」

「それは、わたしが説明下手だったからですよー」

ぶたぶたの目の上に下がり眉のようなシワが。

「まあ、客相手じゃ、はっきりとは言いにくいですよね？」

「そんなことないですよー」

と言いつつ、そういうことなのか、と思う。きついことを言われないとわからないというか――。

「君はほんとに悪くない。彼女の誕生日にバイトしていいものあげようとがんばれる子だし。ただ勘違いしやすいとか、思い込みを覆《くつがえ》すのに時間がかかるとかってことですよ。彼女とちゃんと話をした方がいい」

内田がそう言うと、ぶたぶたがうんうんとうなずいた。

昔から、察するというか、いわゆる空気を読むというのがうまくない、というのは言われていたが、あまり気にしたことがなかった。特にそれで困ったことがなかったからだ。でも、ぶたぶたが説明してくれようとしたのに、自分が全然わからなかったということに、ショックを受けていた。

ショックというより、罪悪感《ざいあく》だろうか。そして、その気持ちが雛子へも生まれた。ぼんやりとだが、彼女が自分に対していっしょうけんめい何かを話していた記憶があるのだ。そして、あまり理解できなかったという印象しか残っていない。それで「まあ、いいや」と思ったという……。

「このまま別れるしかないんですかね……?」

思ったよりも情けない声が出た。

「それは彼女さんと話してからだと思いますけど……別に『別れよう』と言われたわけ

じゃないんでしょ？」

ぶたぶたの言葉に、尊はうなずく。

「でも、理解できないことをどう理解すればいいんですか？」

「あなたが彼女のことを理解できないと言うのなら、彼女もあなたのことが理解できてないんでしょうね」

……そんなふうに思ったことはなかった。彼女は自分の一番の理解者だ、と思っていた。一緒にいて楽しい。自分の気持ちをよくわかってくれる優しい子だって。

それも思い込みだったってこと？

「でも、それって普通でしょ？　別の人間なんだから。自分の思うとおりにはできませんよ。自分のことだってそうなんだから」

ぶたぶたはうにょーんと背伸びをした。小さい自分が他の人間のように大きくはなれない、と言うように。

「まずは自分のことをちゃんと説明することです」

そう言われると自信がない。ていうか、自分がわからなくなってきた。

それが顔に出たのか、ぶたぶたは、

「わからないからってそこでやめないようにすればいいんですよ」

と優しく言ってくれた。

そのあと海の家を出て、家に帰ってから、雛子と電話で話した。

やはり、ぶたぶたと内田の言うとおりだった。ぬいぐるみの件だけでなく、尊は思い込みが激しすぎるということも。

ひどい暑さと電車が遅れたり混んでいたりという不快な出来事が重なり（女子更衣室も大変混雑していたという）、ついに爆発してしまったと雛子は説明した。自分はもう帰りたいとすら思っているのに、尊は「これから楽しい一日を過ごす！」としか思っていない。そのギャップに耐えられなくなったらしい。

「ごめんね……」

冷静になって謝《あやま》ってくれた。

「こっちこそごめん」

雛子に今日、海の家で起こった出来事を話して、尊も謝った。そこで出会った人に、わかりやすく説明してもらったことも。

結局内田は、

「戸叶さんのことは、とりあえず記事にはしませんよ」

と言い、そのかわりかき氷のことを書くと言っていた。

「充分ネタになったよ。ありがとうございました！」

と元気よく去っていった。ぶたぶたと握手して、「また来ます」と約束していた。

雛子と自分は別の人、わからなくて当たり前、そこでやめない――と呪文《じゅもん》のようにくり返す。すると、彼女の言うことがわからなくても頭に入ってくるような気がした。なんでわからないんだろう、どうしたらこういう会話をしないですむのか――と考えて自分のことを話せる――気がする。

まだまだこれから、みたいだ。

「説明してくれた人って、どんな人？」

内田というライターのことは、雛子も知っていた。しかも、彼の記事はもう更新されていた。おいしそうなかき氷の写真とともに、「海の家うみねこ」が紹介されている。

急いで撮っていたのに、写真がすごくきれいで、しかもおいしそうだった。すごいな……。あそこ、うみねこって名前だったんだ……。

「あと一人は、この海の家の店長」

ぶたぶたのことはうまく説明できないので、今度また海へ行った時に、連れていこう。

「かき氷、おいしそうだな……」

と言っているし。

なんとかそうできるように、がんばろう。

こぶたの家

夏休みになってすぐ、滝尋也《たきじんや》は海のある街へ引っ越しをした。

正確には、両親が引っ越したので、尋也はついていった。本当にそんな気分だった。自分は引っ越しなんてしたくなかった。引っ越してからもそう思う。でも、小学四年生ではどうにもならない。

せっかくの夏休みなのに、友だちと遊ぶこともできない。「また遊ぼうね」なんてノートを交換したし、ここへ来るまで尋也もその気でいたのだが、来てみたらもう会えない気がしてならないし、実際に一度も会っていない。

どっちに行けば何があるのかもわからない街だし、そもそも街の雰囲気《ふんいき》が違いすぎて、なんだか怖い。今まで住んでいたところははっきり言って田舎《いなか》だった。山と畑に囲まれていたが、いつもどこかで花が咲いていたし、虫もたくさんとれたし、何より静かなところだった。「田舎でいやだ」と言う友だちもいたが、尋也は好きだった。

引っ越してきたこの街は、家がたくさんあって、いつもどこかで音が鳴っていて、なんだかうるさく感じるのだ。セミの声も違う。カエルの声は聞こえない。

いつも過ごしていた夏は、もうないのだ。

尋也は、何をしたらいいのかわからなくて、家に閉じこもってゲームばかりするようになった。ゲームは昔から好きだったけれど、前は家の外にも好きなものがたくさんあった。同じものが好きな友だちもいた。一緒に遊んでいるだけで、一日が過ぎていったのだ。

今は、ゲームくらいしかやることがない。いっそゲームだけが友だちと言ってもいいかもしれない。

お母さんはそんな尋也のことを怒る。

「ゲームばっかりして！」

だが、そう言われてからお母さんをにらむと、それ以上は何も言われない。というより、言えないみたい。田舎にいる時は、

「外に出て遊びなさい！」

とよく言われたけれど、それは安全だったからだ。尋也も学校の友だちも、上級生たちも危ない目に遭った子は一人もいなかった。

でもこの街は違うらしい。都会じゃないけど、人がたくさんいて、にぎわっている。海のある街だから、特に夏は。夏じゃなくても観光客が来るらしいけど、よく知らない。とにかく、勝手に一人で出かけるなとお母さん自身も言っている状態なので、外へ適当に遊びに行くことなどできないのだ。

友だちもいない街へ連れてきてしまった、ということに多少の罪悪感があるのかもしれないが、寝転んでゲームばかりしている息子がなんだか気に食わないんだろう。っていうか、そうとしか思えない。勝手に連れてこられて気に食わないのはこっちの方なんだから、それってただの八《や》つ当《あ》たりじゃないか。八つ当たりしたいのは尋也の方だ。暑いからやらないけど。

その日も朝からゲームをしていた。お父さんはとっくに会社へ行っている。

今日も一日ゲームで終わるのかなあ、と思う。夏休みの間に引っ越すのにいいことがあるとしたら、宿題がないということだ。

そんな状況で思いっきり遊べたらよかったのになあ、とうだうだ考えていたら、お母さんが突然言う。

「海に泳ぎに行こう！」

と。尋也はそれを聞いて、顔をしかめた。

実は、海ってあまり好きじゃない。前に住んでいた県には海はなかったので、あまり慣れていないのだ。プールで遊ぶのは好きだし、一応泳げる（五十メートルがやっと）けど、水泳の授業自体はそんなに好きじゃなかった。なんとなくめんどくさくて。

もちろん、海には何度か行ったことはある。砂浜で遊んだり、浮き輪でプカプカするのは好きだけど、海で「泳ぐ」というのには抵抗があった。泳いでも海の中では目がなぜか開けられないのだ。ゴーグルをしていても。すごくきれいな海なら開けられるかも、と思うが、それよりも塩辛い水の中で目を開けたら目が痛くなりそう、というのが怖い、というのが一番の理由だ。それがちょっと恥ずかしい。

前の家の近所に住んでいた少しお姉さんのカコちゃんは、海で泳ぐのが好き、あるいは海そのものが好き、と言っていた。その気持ちはなんとなくわかるけど、自分は決してそうならないな、と尋也は思っている。

新しい家は、歩いて十分のところに海岸がある。夏になるとにぎわう海水浴場なんだそうだ。カコちゃんに話したら、すごくうらやましがるだろうな。

「大人になったら、海に歩いて行けるところに住むんだ！」

って言ってたから。どうして海のことをあまり好きじゃない尋也がここにいるのか。

カコちゃんと替わりたい。

「えー、あんまり行きたくないなー」

と言うと、お母さんの顔がちょっと悲しそうになる。しまった、本音を言い過ぎただろうか。でも、本当にそんな気が起こらないのだ。

「じゃあ、散歩だけでも……」

お母さんが控《ひか》えめに言う。

「まあ、それならいいよ」

散歩なら、気持ちいいかも。

比較的朝早い時間だったけれど、海岸にはけっこう人がいた。もう暑いから、泳いでいる人もいる。

「海の家、けっこうあるね」

お母さんが言う。海の家ってあんまり意識したことなかった。トイレを借りたり着替えたり、ビーチボールを買ったり、お昼を食べたりする場所で、どこも同じ感じだ。

まだ開店前らしき海の家は、見た目もみんな違う。なんだかハワイのおしゃれカフェ（といっても尋也にはよくわからない）みたいなのもあるし、白い外国の家みたいなのもある。広いな、この海水浴場。

街なかにあってもよさそうな海の家を見ながら、波打ち際近くをぶらぶら歩いていく。ところが、一つだけとても地味な海の家があった。

「あー、なつかしい感じの海の家だね」

とお母さんが言う。ということは、昔っぽいということか？

ええと……なんて言えばいいんだろう。古くてちょっと壊れそう、みたいな？　浮かんでくる言葉が失礼なものばかりだ。そうだ、童話《どうわ》の『三びきのこぶた』の――一番目のとまではいかないが、二番目くらいの家。狼《おおかみ》に余裕で吹き飛ばされそうな木の家だった。

他の海の家と比べるとかわいそうだなあ、とつい思って、じっと見ていると、その家から一匹のこぶたがとことこと歩いて出てきた。薄ピンク色で、本当に小さかった。ドッジボールとかバレーボールとか、そのくらい。

「えっ⁉」

尋也は思わず声をあげて立ち止まってしまう。

「何？」

お母さんも振り向く。

「お母さん、あれっ、あれ見て！」

と指さすが、もうこぶたの姿は見えなかった。

「え、どこ行ったの？」

さっきまでいたのに。

「何がいたの？」

「あの海の家から、こぶたが出てきたの」

「へー。飼《か》ってるのかしらね？」

一瞬何を言われているのかわからなかったが、お母さんは本物のこぶたが出てきたと思ったのだ。

「違うよ、立って歩いてたんだよ」

『三びきのこぶた』みたいに普通に。何が普通かわからないけど。

「犬もたまに立って歩くよねえ」

「違うよ、そういうんじゃないんだよ」

と言ったものの、どう説明したらいいのか言葉が出てこない。

「なんかもっとこう……ぬいぐるみみたいな感じだったんだよ」

布っぽかったのだ、生き物じゃなくて。

「あー、ぬいぐるみっぽいよね、本物のこぶたって」

なんだか適当っぽくお母さんは言う。見たことあるのか。尋也もないけど。

とにかくもういないので、見せたくても見せられない。パッと一瞬見えただけだから、尋也の見間違えかもしれないし。

「あー、ほら、サーフィンやってる人がいるね」

話を逸《そ》らしたいのかなんなのか、お母さんは海を指さす。確かにいっぱいいるけど
……別にサーフィンには興味ないし。

「あっ！」

また大声をあげてしまう。

「なんなの、さっきから大声出して――」

「だってだって、ほら、あそこ！」

サーフボードの上に、こぶたが！　サーフィンしてる！　さっきのと似てる！

「何よー、何も見えないじゃない」

「あそこだよ、あそこにこぶたがいるんだよ！」

お母さんが目でとらえる前に、波がそのこぶたをさらってしまう。

「何もないじゃん」

「いたんだよ、海に落ちちゃった……」

「誰かがふざけてぬいぐるみでも載せてたんじゃない？」

……まあ、確かにぬいぐるみみたいではあった。でも、ちゃんとボードの上に立ってたように見えたんだよな……。

けど、そんなこと……あるわけないよね。ぶたがサーフィンやるなんて。やるとしても、四《よ》つん這《ば》いじゃなきゃできないし……立って歩くんだって、ちょっとだけならできるかもだけど……。

やっぱり見間違いなのかな。

歩きながら何度も確認したが、もうこぶたの姿は見つからない。

「どう？　海で遊びたくなった？」

「え?」

後ろばかりを見ていたので、お母さんからの質問がなんだったのかよくわからなかった。

「海で遊びたい?」

あ……。

「うーん……」

暑い時はいいかもしれないけど、歩いて十分でいつでも行けるっていうのなら、別に無理に行かなくてもいいかな。しかし、正直には答えづらい。

「たまにならいい」

泳ぐとなんか疲れるし。

「尋也、あまり海が好きじゃないの?」

そう訊かれると、嫌いとまでは言えないな……。

「好きでも嫌いでもないよ」

「そうなんだ……」

お母さんはまたまたしょんぼりした顔になる。

「お母さん、小さい頃、海の近くに住みたかったんだよねー」

「へー」

カコちゃんとなら気が合ったのになあ。お母さんに悪いと思ってしまう。

「今回お父さんの転勤で、ここに住めることになってお母さんは喜んでるけど、尋也はそうでもないみたいだね」

「……それは海は関係ないんじゃない？」

夏休みの最初に引っ越せば、どこでもこんなふうに思ったかもしれない。前と似てたとしても、結局同じ場所じゃないんだし。

友だちがいないという状況は今まで一度もなかった。学校に行けばできるかもしれないが、新学期までは無理だ。一人で遊ぶのも好きだと今までは思っていたけれど、それは選ぶことができたからなんだ、と初めて知った。一人で遊ぶしかないと、こんなにつまらないものなのか、と思う。ゲームは面白いけど、やめたあと寂しいのだ。

「そうかな？」

「だって、どこに引っ越したって引っ越しは引っ越しだよ。海の近くに住んでれば海を好きになるかもしれないけど、それは引っ越しとは関係ないよ」

「そっか……」

お母さんはなんだか微妙な顔つきになる。

「お母さんは、僕に海を好きになってもらいたいの？」

「ううん、そういうわけじゃなくて……ごめんね、友だちがいないところに連れてきちゃって、つまんないよね」

「まあ、しょうがないよ」

前のところがいいと言ったって、一人暮らしできるわけじゃないんだし。

「学校が始まるまでは、お母さんと遊ぼうね」

「お母さんはもしかして海で遊びたいの？」

「……遊びたいね……」

なんだか遠慮《えんりょ》がちにお母さんは言う。

「わかったよ」

「ほんと!?」

どっちが親なんだろうか、と思う。

その日は、一度家へ帰って、水着に着替えてからまた浜辺へ行った。

「日よけ用のテント買ったんだよ！」

お母さんがはしゃいでいる。ファスナーをはずすと、ポンと簡単なテントができあがるものだ。

「昔は海の家でパラソルを借りたりしたけど、最近はこういうコンパクトなものがあるのね」

お母さんはそう言って、今朝こぶたを見た海の家を指さす。

あ、いるのかな、こぶた。またサーフィンしているんだろうか……。

ちょいちょい海の家を気にしながら海で遊んだ。驚くことに、楽しかった。別に本格的に泳ぐ必要もないので（お母さんはザバザバ泳いでいたけど）、二人で浮き輪やフロートで遊んだり、潮溜《だ》まりでカニを見たりしているうちに時間が過ぎ、やがてお母さんが言う。

「お金を持ってきてないから、家に帰るよ」

飲み物は水筒《すいとう》に入れて家から持ってきたので、海の家で何か買ったり食べたりという必要もない。あとの荷物はテントとタオルくらい。砂を払って水着の上にパーカーを着ればそれで帰り支度も終わる。ビーチサンダルをつっかけて買い物帰りみたいに歩く。

玄関脇《わき》の小さな水道で足を洗ってから家に入る。シャワーを浴びたあと、お昼を食べてちょっと眠くなったのでエアコンの効いた居間で二人で昼寝をした。

目を覚《さ》ました時、尋也は思う。あれ、けっこう楽しいかも？

「荷物や帰りのことを気にしないで海で遊ぶのって最高ね！」

とお母さんが言う。言われてみればそうかも。車で帰るにしても、渋滞《じゅうたい》にはまってなかなか家に着かなくてイライラしたり、電車だと眠くて移動がめんどくさかったりしたっけ。

「車は楽だけど、駐車場が大変なのよねー。その点、ここなら歩いて帰れるし、貴重品気にする必要もないから、ほんとすてき！」

お母さんはウキウキしながらそう言う。

「でも、背中がヒリヒリするわ……」

日焼け止め、塗りっこしたんだけどな。尋也も鼻の頭が赤い。

でも、海の近くってけっこう楽しいかも、と思えてきた。お母さんにつき合って毎日海に行ってもいいかな、とすら。

こぶたは海で浮かんでいた時に、一度だけ見かけた。海の家のパラソルの下にあるアイス用の冷蔵庫の上に座っていた。飾ってあるみたいだったけど、水着の人にアイスを手渡しているようにも見えた。

海に入っていなければ、近寄って確かめるのに。必死にバタ足して、海から上がった時にはもう、いなかった。

数日、お母さんと一緒に海で遊んだ。

ちょっぴり海で遊ぶのが好きになった気がする。でも、それ以外はやっぱり家でゲームをするばかりなんだけれど。

でも、このまま学校に行かないで、ずっとこうしていてもいいかも、とある日ふと思う。

ん？　いいのか？　悪いのか？

寂しいけど、なんとなく楽しい。楽しいけど、このままでいいのかな、とも考える。

それを話すのはお母さんだけ。お母さんは、

「学校に行けば忙しくなるし、友だちもできるよ」

とても楽観的だ。そうだといいな。けど、ちょっと不安だった。

お父さんにもちょっと話した。すると、

「ごめんね」

と謝られた。

「いいんだよ」

と言うしかない。謝らなくてもいいのに、と思うけど。

「お父さんも海の近くに引っ越したかったの？」

「いや、そういうわけじゃないけど、海は好きだよ。釣《つ》りも泳ぐのも好きだし。若い頃はちょっとだけ友だちに誘われてサーフィンもやったよ」

「へー！」

あれから一向に見かけないこぶたのサーフィンを思い出す。

「でも、友だちが飽きて誘ってこなくなったら行かなくなったけど」

「ふーん」

「海より山に近いところの方が、尋也はよかったかな？」

「それはお母さんにも言ったけど、どこでも同じだよ。だって友だちがいないんだもん」

お母さんは近所の人に聞いたみたい。この辺には同じくらいの歳の子は住んでいないらしい。今度、児童館に行ってみようね、とお母さんは言うけれど、

「友だちを作るのは、学校が始まってからでいいよ」

とりあえず子供の友だちは。

お父さんと話をしてから、こぶたのサーフィンが頭から離れなくなってしまった。もう一度、見てみたい。

お母さんに言えば海の家に行けるだろうけど、なんとなく言いにくい。自分だけにしか見えていないという可能性もあるからだ。

ヤバい。引っ越しのストレスから幻覚が見えるようになってしまったかもしれない。

そんな話を小説だかマンガで読んだ気がするっ。

そんなことを考えていたからか、朝早く目が覚めてしまった。もう外は明るい。家の中は静かだ。

急に海へ散歩に行こう、と思い立つ。海へは何度も往復して、道もよくわかっている。

静かに着替えて、家を出た。外もすごく静かで、海までの道は誰もいなかった。

歩いているうちに、なぜかなつかしい気分になる。前にもこうしたことがあるみたいな。こんな朝早く、一人で出かけたことなんかなかったはずなのに。それに、この街で人がいないなんてこと、一度もなかった。前の町は、ちょっと歩くと誰もいないところばかりだった。一人になりたかったら、すぐになれたのだ。もちろん真夜中だったら誰もいないこともあるんだろうけど、今は夏だから、それでも人がいそうな気がする。夜中に人が大声で話しながら歩いていて目を覚ましたこともあるから。

なんだが、また別の街に迷い込んだみたい。

不思議に思いながら海へ行くと、なんとここには人がけっこういた。防波堤《ぼうはてい》で釣りをする人、ジョギングやウォーキングをしている人、そしてサーフィンをしている人。

海の家は当然開いていなかった。近寄ってのぞいてみるが、ちゃんと鍵もかかっていて、中まで見られない。でも、見た目はやっぱりこぶたの木の家だ。壁が薄そう。メニューが貼ってある。ラーメン、カレー、チャーハン、焼きそば。スーパーのフードコートみたいな料理が並んでいる。ソフトクリームやかき氷もある。「大人気！」とか書いてある。「自家製シロップ」って最近よく聞くけど、尋也には違いはよくわからない。かき氷にあまり興味がないのだ。暑い時に食べておいしいって思うくらい。アイスの方が好きかな？

サーフィンをしている人をしばらく眺めたが、こぶたの姿はなかった。やっぱり見間違いか夢だったのかなあ……。

その時、何気なく顔を防波堤の方に向けると、違和感を感じた。何人か並んで釣りをしていたが、その中の一人がなんだか変なのだ。

自分の目がいいのは、「山と鳥をいつも眺めているからだ」とおばあちゃんに言われたことがあるが、この時ほどそれでよかったと思ったことはない。視線を釘づけにして近づいていって、すぐにわかる。釣り人の一人が、こぶただったのだ。

尋也は走り出した。海で見つけた時は泳ぐのが遅くてダメだったけれど、足は速い。これも野山を駆け回っていたから、とおじいちゃんに言われた。

走っているうちに、こぶたは立ち上がった。立ち上がった⁉　やっぱり自分で動いてる⁉

こぶたはまるで隣の人たちに挨拶《あいさつ》するみたいに頭をペコッと下げて、歩き出した。すごい！　釣り竿《ざお》と小さなバケツ持って歩いてる！　絵本の世界だ！

「待って待って！」

尋也は、普段絶対出さないような声を出してしまう。こぶたは振り向かない。声が聞こえてない？　あ、誰を呼んでいるのかわからない？

「待って！　こぶたさん！」

やっとこぶたが振り向く。やっぱり！　すごい！

尋也はようやく近くまで来て、はあはあ言いながら止まった。こぶたはこっちを向いて立っていた。大きさはやっぱりバレーボールくらい。黒い小さな点目、突き出た鼻、大きな耳の右側はそっくり返っている。近寄ると本当にぬいぐるみみたいだった。あれ？　顔に縫い目もある？　手足の先のひづめは、身体よりちょっと濃いピンク色の布が張ってあるだけだ。

さらに、

「なんですか？」

と言葉まで話した！　しかも、声がおじさんに聞こえるんだけど⁉　イメージでは、男の子の声で……女性声優さんが演《や》ってるって感じの。えっ、こぶたなのにおじさんなの⁉

うわー、これ夢かな？　もしかして、まだ寝てる？　早く起きたって夢？　夢っぽい、すごく夢っぽい！

「あの、こぶたさん……」

うまく声が出ない。というか、何を話せばいい？

尋也は頭が真っ白になってしまった。いや、最初から何も考えてなかったけど。

「どうしましたか？」

鼻がもくもく動いてそんなことを言う。それを見て口から出てきたのは、尋也も思いもよらない言葉だった。

「あの海の家、狼に吹き飛ばされるよ」

……何言ってんの!?　幼稚園児じゃないんだから！

「え？　え？」

こぶたの点目がさらに点になったみたいだった。どうしてそんなこと感じられるの!?

思い浮かんだことをそのまま言ってしまい、尋也はさらに言葉に詰まった。

「え、狼？」

「だって……」

『三びきのこぶた』のこぶたなんでしょ、と言いそうになるのをなんとかこらえた。

「いや、台風とか……」

さらに意味不明なことを言ってしまう。

「ああー、ボロく見えるから！」

はっきり言われて、こっちがビビる。しかもなんか、笑っている感じがあった。

「不安に思ったの？」

「うん……まあ」

どう答えればいいのか。

「あれは、わざとだから大丈夫だよ」

「わざと？」

「古く見せているだけ。けっこう頑丈《がんじょう》だし、ああ見えて最新式だよ」

こぶたは「えっへん」と言うように胸を張って言う。

「どうして古く見せてるの？」

「昔この海岸にあった海の家に似せて作ったから」

「へー」

そういえば、お母さんが「なつかしいー」とか言ってたような気がする。昔は海の家って、みんな同じような雰囲気だったのかな？

「昔のことだからわかんないよね。僕も実際は写真で見ただけなんだけど。似たようなのは他の海岸で見たことあるよ。そういうのも混ぜて建ててみたんだ」

「僕もここに引っ越してきたばっかりだから、見たことないよ」

「そうなんだー」

「あの、ちょっと座って話さない？」

なんかいろいろ訊きたくなってきた。ぬいぐるみをずっと立たせっぱなしって、疲れるのかな、とも思って。

「いいよ」

防波堤のふちによっこいしょとこぶたは座る。その隣に尋也も腰かける。すごい、動作は生きてるこぶたそのものだけど、見た目はぬいぐるみだ。まばたきとかしないし。

「さっき釣りしてたよね？」

「うん」

バケツの中には水しか入っていなかった。

「何も釣れなかったの？」

「そうだねえ、ダメだったねえ。せっかく海の近くの街に引っ越したから挑戦してみたんだけど、まだまだだね」

「こぶたさんも引っ越してきたばかりなの？」

「そうだよ」

そうか。だから、あの海の家は新しいのか。でも……。

「どうして古いのを真似したの？」

新しいのなら、他のところみたいにおしゃれな感じにしてもいいのに。

「やっぱり――あ、何くん？」

「尋也っていいます。滝尋也」

水で漢字を書いてみる。

「尋也くん。いい名前だね。僕の名前は山崎ぶたぶたです」

「山崎さん？」

こぶたなのに、名字があるんだ……。

「ぶたぶたって呼んでください」

お兄さんと弟のこぶたはどんな名前なんだろうか。

「ぶたぶたさんがサーフィンしてるのも見たんだよ」

「ええっ、そうなの⁉」

まばたきもしないビーズみたいな点目が、ちょっと見開かれたように見えた。こぶたなのかぬいぐるみなのか、あるいは人間なのか——どんどんわからなくなっていく。

まあ、夢なのか現実なのかもわかんないけど。

「恥ずかしいな〜」

身体を両手(?)でくしゃくしゃにしている。これが「恥ずかしい」ってことなのか!

「あれもねえ……たまにやってるんだけど、波にはなかなか乗れないね」

「ずっとやってるの?」

「いや、これもこの街に住んでから。誘われたからやってみたけど、やっぱり波に流されちゃうんだよね」

「軽いから?」

サーフィンのこと何も知らないけど。

「そうだね。水吸うと重くなるけど、子供よりも軽いからねえ」

「軽いなら、ボードに縛《しば》りつければ流されないんじゃない？」

「それも考えたけど、それってサーフィンなのかなってことになって、やめたんだよね」

尋也はゲラゲラ笑った。話もおかしいけど、「それってサーフィンなのかな」と言った時のぶたぶたの腕組みがすごくツボにはまってしまった。ぎゅっと身体自体が細くなって、顔にもすごくシワが寄っている。

「どっちにしろ、泳ぎは苦手なんだよね。浮いちゃうから」

さらに尋也は笑う。

「あー、おかしい」

こんなに笑ったのは久しぶりだ。引っ越してから全然笑ってなかった。大好きだったお笑いの動画を見ても、ちょっとしか笑えなかったのに。

「ごめんね、こんなに笑って」

「いえいえ」

「じゃあ、もうサーフィンはやめたの？」

「やめたというか、海の家が思ったよりも忙しいんで、落ち着いたらまた挑戦し直すかもしれないよ」

「忙しいんだ……」

「かき氷がすごくおいしいから、今度来てね」

「うん。今日か、明日にでも」

かき氷、そういえば、今年は家でしか食べてないな。

「いいんだよ、いつでも」

ぶたぶたは優しく言ってくれる。

「あ、もう帰らないと」

お母さんとお父さんが起きる前に帰りたい。

「わかった。またね」

ぶたぶたが短い手を振ってくれる。尋也も手を振りながら走る。ちょっと元気になってきたような気がした。

家に帰ると、まだお母さんもお父さんも起きていなかった。日曜日だと起きるのが遅いから。

静かな家の中で、さっきの出来事を思い出す。せっかくだからと絵に描いてみた。せっせと色鉛筆《えんぴつ》を使っていて、ハッと気づく。

他の人に見えているのか、結局わからなかった！

でも、釣りをやっていた隣の人と挨拶はしていたみたいだし……でも、それは遠くから見ていただけだ。

海の家へ行って、やっぱりいなかったらどうしよう。けど、約束をしたんだ、「行く」って。

海の家には行くことになるだろうけれど、本当にいるのかな、あのぬいぐるみ。こぶたというか、おじさんみたいな声をしていた。ぶたぶたという名前の方が合っている、と尋也は思った。

起きてきたお父さんは尋也の顔を見て、いきなり言う。

「ジャジャーン。今日は森へ遊びに行きまーす」

「え？」

「すごく面白いところなんだって。ほら、支度して」

お母さんを見ると、

「尋也を驚かそうと思って、お父さんが予約とってくれたんだよ」

海の家に行く約束は——と思ったけど、今日か明日って言ったし、ぶたぶたも「いつでもいい」って言ってたし。明日には絶対行けるだろう。夏の間、海の家はずっとあるんだし。

お父さんの運転する車で着いた場所は、森の中にあるアクティビティパークだった。新しくできたばかりで、行きたかったところだ！

木の上から滑車《かっしゃ》で降りたり、木の間に張られたロープを登ったり、ツリーハウスでハンモックに揺《ゆ》られたり——地形を生かした遊びがたくさんあった。空気も全然違う。潮の香りは全然しないし、湿気《しっけ》が少なかった。

「尋也は山が好きだったからなあ」

とお父さんが言う。

確かに山は好きだ、と尋也は思う。けど、どうしてだろう、「なんか違う」とも感じてしまったのだ。

一日楽しかったけれど――夜になって、ベッドに入ってから、本当は海の家へ行きたかったな、と思ってしまった。今日行かなかったからって、誰も怒らない、とわかっているけれど――自分は今日行きたかったんだ、と気づいた。

あんなに海に興味なかったのに、今日は行かなかったことを後悔していた。

月曜日は雨だった。しかも、台風並の低気圧《ていきあつ》が近づいているらしい。

「せっかくのシーズンなのに、海は遊泳《ゆうえい》禁止だって」

お母さんが言う。

「じゃあ、海に行っても誰もいないの？」

「そうだね」

「海の家も休み？」

「お客さんがいないんじゃね。どうして？」

「……海の家に行ってみたくて」

「そうなんだ！　じゃあ、海が凪《な》いだら行ってみようね！」

とお母さんはうれしそうだ。

「ちょっと気になってたんだよねー、おしゃれなとこに入ってみたくてさー」

そうなんだ——となぜか尋也はがっかりした。

ゲームをしようとしたが、なんとなく落ち着かない。

あの海の家が心配なのだ。藁《わら》の家じゃないし、ぶたぶたも「けっこう頑丈」と言っていたけれど、台風並の低気圧って——台風じゃないから平気なのかな、と考えているとソワソワしてしまう。

幸い雨はそんなにひどくなく、少しほっとしたが、昼に近くなるにつれて風が強くなってきた。

「お母さん、台風みたいな風が吹いてる！」

家の外では木がぶわんぶわんしなっている。

「台風じゃなくてただの低気圧なんでしょ？」

「そうは言ってもねえ、台風だからってそんなにひどくないのもあるし……」

台風じゃなくても台風みたいになるってこと⁉

尋也はますます心配になってくる。

「でも、夕方には抜けるんじゃないかって言ってるから、大丈夫でしょう」

夕方……これ以上ひどくなりませんように。

しかし、尋也の望みも虚《むな》しく、風はどんどん強くなっていった。台風じゃないはずなのに！　どうして!?　雨が大したことないからって！

お母さんは、台所でお昼の支度をしている。今なら抜け出せるかも。

尋也はレインポンチョを着て長靴を履《は》き、フードもしっかりかぶって、外へ出た。

すっかり通い慣れた道を海へと急ぐ。誰も歩いていなかった。尋也一人だ。

でも、とても急いでいたので、一人の道にまたなつかしさを感じることはなかった。

とにかく早く行かなきゃ！

走ったので、いつもの半分の時間で海に着いた。海の家はみんな閉まっている。当たり前だ、遊泳禁止なんだもの。海岸へと降りる階段に大きな看板が立っていた。

海には白い波が大きく立っている。おお、これが「荒れた海」ってやつか。テレビの天気予報とかで見たことある。

海へは近づかないようにしないと。さすがに危ないってわかってる。尋也はまた走った。

例の海の家は、飛ばされないでちゃんと立っていた。でもなんだか頼りない。外側にくくりつけられている看板がバタバタと音を立てている。

中にしまった方がいいんじゃないの？　でも、鍵はかかってるだろうし、尋也には開けられない。どうしよう。

看板は風にあおられ、がんがん音を立てている。当たるたびに壁が動くように思えて仕方ない。やっぱり吹き飛ばされちゃう!?

思い切って近寄り、看板を押さえた。音はやんでホッとする。けど、これどうしたらいいの？　手を離すと飛んでいっちゃうかもしれないし……。

「あっ、何やってるの!?」

聞き憶えのある声に振り向くと、黄色い雨合羽《あまがっぱ》らしきものを着たぶたぶたが立っていた。

「尋也くん!?」

風が強くて、大きな声じゃないと聞こえない。ぶたぶたの口は見えないけど、大きく開いているんだろうか。

「海の家が飛ばされると思って――」

「大丈夫だよ！」

そう言って、看板を一緒に押さえる。ずいぶん下の方を。

「けど、この看板が——」

「そうなんだよ、しまうの忘れちゃったから、しまいに来たの。飛ばされたりしないよ、けっこう重いし」

「大丈夫なの？」

「ほんと大丈夫。この海の家は頑丈なんだから——」

とぶたぶたが言った時、ぶわっと海からの風が押し寄せてきた。あっという間にぶたぶたの身体が宙《ちゅう》に浮き、上へ吹き飛ばされる！

尋也はとっさに飛び上がり、ぶたぶたの足をつかんだ。雨合羽の中に風が入り、一瞬だけ引っ張られる。

急に風の向きが変わり、尋也はぶたぶたとともに砂浜に転んだ。

「ご、ごめんね、尋也くん！」

「大丈夫、ぶたぶたさん？」

「平気だよ、ありがとう」

二人とも砂だらけだけど。

「ほら、吹き飛ばされた――」

家じゃなくて、こぶた自身が。

「そ、そうだね、僕、軽いからねえ」

サーフィンはやっぱり難しそうだ。

「とにかく、看板をしまおう」

「うん、手伝う」

尋也とぶたぶたは、海の家の中に看板を入れた。

「早く帰りなさい。おうちの人と一緒なの？」

「ううん、一人」

「えっ、きっと心配してるよ！」

そうかも。

「でも、ぶたぶたさんは一人で平気なの？」

また吹き飛ばされたりしない？

ぶたぶたはうーんと悩み、店の座敷に置いてあったダンボールの中から五百ミリリットルのペットボトルを取り出した。

「これを重《おも》りにして歩くよ」

ほとんど同じ大きさで、持てているのが奇跡のようだ。

「ここまでよく平気だったね」

「そうだね。海岸は特に風がひどいから」

窓の外では、相変わらず波が荒れ狂っている。

「尋也くんは、この海の家が狼に吹き飛ばされる木の家だと思ってたんだ」

突然、ぶたぶたが言う。

「あっ……」

バレてしまった……。

「だから、最初は『こぶた』とか『狼』って言ってたんだね」

「ごめんなさい……」

「謝らなくてもいいよ。言い得て妙だね。僕としてはすごくオーソドックスでなつかしい感じの海の家にしようと思って、わざと古く加工したりしたんだけど」

「いいえてみょうだって？」

「うまいこと言うなあって」

憶えておこう。

「小さい頃に読んだ絵本に描いてあった木の家とこの海の家が似てて……いや、色だけなんだけどね。屋根とか壁とか、同じ色で。それで、ぶたぶたさんを見たから、『こぶたの木の家だ！』って思って――」

「海の家こぶたの方がよかったかな？」

「ここはなんていうんだっけ？」

「うみねこ。ぶたなのにうみねこ？　ってしょっちゅう言われるしね」

二人で笑う。

「尋也くんは大人が『なつかしい』と思うことはよくわからないよね」

「そうかもしれないけど、『なつかしい』って最近よく思うよ」

「そうなの？」

「うん。前に住んでた町を思い出すから」

「そうかあ……。こっちでは新しい友だちとかできた？」

尋也は首を振る。

「ぶたぶたさんだけだよ」

「お友だちになってくれるの？」

「なるよ！」

ならないわけないでしょ！　だって面白いもん！

「ありがとう。じゃあ、新しい友だちも紹介してあげる。ここでバイトしている高校生の女の子の弟さんが、尋也くんと同じくらいの歳だと思ったんだけど——尋也くん、何年生？」

「四年生」

「じゃあ、一緒だ。学校でも同じクラスになれるかもね」

「ほんと？」

そんな話をしていると、

「尋也ー！」

波と風の音の合間から、お母さんの声が聞こえた気がした。

「お母さんの声が!?」

「外に出ようか」

怒られるんだろうな、と思いつつ、心配してるってぶたぶたに言われたから、尋也はすぐにドアを開けた。

「気をつけて、風が――」

と言っているそばから、ぶたぶたはまた飛ばされた。風にあおられて、ペットボトルを落としてしまったのだ。

海の家の前まで来ていたお母さんが、ぶたぶたの背中をはっしとつかむ。お母さんはずぶ濡れだった。レインコートも着ていない。あわてて出てきたんだ。

でも、どうしてここがわかったんだろう？

「こぶた……？」

お母さんは、手につかんだぶたぶたを見て、そうつぶやいた。あ、大人にも見えるんだね。

「尋也くん、お母さんと帰りなさい」

ぶたぶたが言う。突然の声に、お母さんはキョロキョロして尋也の手を取り、ぶたぶたを砂の上に落とした。

「早く行きなさい。大丈夫だから」

鼻の先が汚れてしまった。ごめんなさい！

「ありがとう。今度来るからね！」

ぶたぶたに言われて、尋也はお母さんの手を引っ張る。

「帰ろう！」

お母さんは、ぶたぶたに全然気づかないまま、尋也の手を引っ張り返して、先を急ぐ。

「まったくなんなの、なんで一人で出ていくのよ！」

ぷりぷりと怒られながら、雨と風の中、二人で歩く。

「お母さん、ごめんなさい……」

「そんなにあの海の家が心配だったの？」

「うん……」

「あの家、『三びきのこぶた』の家と似てたから気になったの？」

その言葉に尋也はとても驚く。

「憶えてたんだ……」

そう言うと、お母さんはちょっと笑った。

「絵本、すごく好きだったよね。だから、行きたかったんだね」

「うん……」

ちょっと違うけど、そういう意味もあったんだろう。「なつかしい」ってぶたぶたは言ってたけど——それは尋也にとってもそうだったんだな、と。

家に帰ってシャワーを浴びてから、お母さんに前に描いた絵を見せた。海の家の隣にこぶた——ぶたぶたがいる絵だ。

「うまいうまい。絵本の絵もこんな感じだったよ。なつかしいなあ」

とお母さんは言った。

なつかしいって思うと今までは少し悲しかった。でも、絵本のことを思い出しても、もうそんなに悲しくない。前に住んでいた町のことも、いつかそんなふうに思い出せるんだろうか。

今度また、ぶたぶたに訊いてみよう。

思い出のない夏

忠和《ただかず》には、夏にいい思い出がない。

いや、子供の頃の思い出自体が、あまりいいものではない。基本的にいつも寂しいものだった。

別に虐待《ぎゃくたい》されたとか捨てられたとか、そういう悲惨《ひさん》なことはされていないのだが、ずっとほったらかしだったのだ。いい言い方をすれば「放任主義《ほうにんしゅぎ》」というやつだろうか。

父親が居酒屋、母親がカラオケスナックを営《いとな》んでいて、とても繁盛《はんじょう》していた。居酒屋は料理がうまく酒の揃《そろ》いのよい、気持ちのいい大将《たいしょう》のいる店であり、スナックは昼も夜も地元の人のいこいの場所だった。二人とも朝から晩まで働いていたが、いやな顔一つしなかった。働くのが好きで、人と話すのが好きだったのだ。町内会や商店会などでも積極的に役を引き受け、地元の繁栄に貢献《こうけん》したとして今でも慕《した》う人がいるほどだ。

だが、親としてはどうだろう。忠和はずっとそれを考えている。

おそらくはまず、相性が悪かったのだろう。コミュニケーション能力が高かった両親から生まれたのに、自分はとても消極的というか、人見知りの子供だった。外で遊ぶより家で本を読んだりゲームをしたりする方が好きで、運動が苦手だった。朝まで店で働いたあと、町内会の草野球に参加するほどスポーツ好きだった父親としては、息子にはかなり歯がゆい思いを抱いていたことだろう。

これで成績がトップクラス、というならまた違っていたかもしれないが、そこまでの秀才でもなく、真ん中よりちょっと上程度の微妙な成績だった。塾《じゅく》にも行かずこのくらいだったから、行っていたらもっと上がっていたかもしれない。もちろん上がらなかったかもしれないが。

そんなこんなで忙しい両親は、息子を常にほったらかしていたが、両親に世話になっている地元の人が一人でウロウロしている忠和を家によく引き入れてくれた。今日はここ、明日はあそこ、といろいろな家を転々としてごはんを食べ、風呂《ふろ》に入れてもらって、家に帰ったら寝るだけ、という生活をしていた。

それでも、たまの休みの日には、車でドライブがてら買い物に連れていってもらうことなどもあった。両親との思い出といえば、それくらいだろうか。

ただ夏になると、いつにも増して二人とも帰らなくなってしまう。学校のある時はあまり気にならないが、夏休みになると両親の不在をより実感した。

なぜなら、二人は夏の間、海の家をやっていたからだ。忠和が小一の時から。

泳げない自分にとって、海は近寄りたくない場所だった。父親は、海へ放り投げたり顔を水につけたりして、忠和に泳ぎを強制的に憶えさせようとしたが、溺《おぼ》れるばかりでまったく前へ進まない息子にやがてあきらめたらしい。

泳げないので友だちと一緒に海へ行くのもいやがる。友だちの家に行ってばかりだと、その家の親もいい顔をしない。

必然的に夏は一人ぼっちで過ごすことが多くなった。夏休みが近づくといつも憂鬱《ゆううつ》だったことばかり思い出される。

六つ年上の兄・克己《かつみ》がいたので、最初のうちは兄にくっついていたけれど、中学生になると忠和を置いて外で友だちと遊ぶようになり、ほとんど帰らなくなってしまう。つまり兄はグレたのだ。両親は何か問題があれば先方に謝ったりしたけれど、けっこうなあなあですまされていたようだ。グレていたとはいえ、警察の世話になるまではいかなかった。中高と兄はほとんど家には寄りつかず、今は遠方で働いているらしい。めったに会わないし連絡もあまり取らないので、よくわからない。妻子《さいし》もいるらしいが、会ったことはなかった。

今思えば、危険な目にも遭わず、立派に大きくなったのだから、自分は幸運だったのだ。地元の人にいい人が多かったのだろう。でも、どの思い出もなんとなく薄く、会いたいと願うほど憶えている人はいない。忠和を慮《おもんぱか》って世話をしていたのではなく、両親の子供だから面倒を見てくれたからに違いない、と考える自分は多分、冷たい人間なのだ。

それでも家庭を持つことはできる。不思議だな、と思う。

いったい何年ぶりの故郷だろうか。忠和はこの街に、幼い息子の展孝《のぶたか》を連れて帰ってきた。

いや、帰ってきたという気持ちはなかった。息子を連れて夏休みを過ごしに来ただけだ。

おととし父親が、今年の初めに母親が相次いで亡くなった。母の葬式で兄と遺産《いさん》についての話をした。と言っても預金は、両親の老後の生活や病気の治療などでほとんどなくなっており、分けても微々《びび》たるものだった。あと財産と言えるものは、小さな家だけだ。両親の店はとうに畳《たた》んでいる。

「俺は遺産はいらないから、実家はお前が片づけて売るなりなんなりしろ。親の預金は片づけの資金に当てろ」

と兄は言った。

「でも……」

忠和がためらうと、

「いいんだよ」

そうくり返し、葬儀が終わると兄はすぐに帰っていった。

小学二年生の息子・展孝と二人だけで、こんなに長く休暇を過ごすのは初めてだ。妻は二人目を妊娠中で、今は里帰りをしている。来月には展孝はお兄ちゃんになっているだろう。

車に乗り込み、行ったことのない忠和の実家へ向け出発した時は、妻――母親がいないことになれないのか、緊張していたようだが、海が見え始めると、

「お父さん、海だよ、海！」

と大興奮だった。

実家はしばらく使っていなかったので、まずは掃除からだ。息子にとっては畳ばかりの家が珍しかったらしく、ちょっとしたゲーム感覚で楽しみながら手伝ってくれた。と言っても、ほとんど忠和がやったし、最低限の部屋しか掃除しなかったが。ふとんもキャンプ用の寝袋やマットなどを使う。それも展孝にとってはとても新鮮なことらしい。台所は古いガス台のままだったが、まだちゃんと使えるし、風呂場とトイレは十年前に新しくしていた。

小さい頃から一人で過ごしていたので、家事や料理は一通りできる。それを教えてくれたのも親ではなく兄だった。

息子に寂しい思いはさせないつもりだが、生活能力はあった方がいいはずなので、簡単な家事はいつも手伝わせている。特に今は、「お兄ちゃんになるんだから」と言うと急にはりきるのだ。

夏休みはなんとか一週間取れたので、新盆《にいぼん》をすませてから実家へ来た。ある程度の遺品整理をするつもりだった。とはいえ、取っておくものはほとんどないだろう。検分《けんぶん》が終わったら、業者に頼むつもりだった。

一日目は掃除と買い物で終わる。息子はまだまだ元気だが、忠和はヘトヘトだ。しか

し、

「お父さん、ちょっと海見に行ってもいい？」

とお願いされるといやとは言えない。実は息子は、この旅行を楽しみにしていたのだ。展孝は、海嫌いで泳ぎの苦手な父とは違い、海で遊ぶこと（プールで二十五メートルは泳ぎ切ることができる）や、海洋《かいよう》生物なども好きな子供に育っている。そして、父親っ子でもある。二人きりで一週間過ごすスケジュールを自ら立ててくれたくらいだ。

彼のスケジュールによると、一日目から海でたっぷり泳ぐ、というのが決まっていたけれど、そういうわけにもいかなかった。一人で行かせるわけにもいかないし。明日は一日息子につきあうつもりだったが、せっかく来たのに見せないのもかわいそうだ。もう夕方近いが、浜辺へ行ってみることにする。

さすがに閑散《かんさん》としているが、思ったよりも人がいた。派手目な海の家がライトアップして、夜間もバーのように営業しているらしい。昔はこんなのはなかった。夜になって泳ぐ人がいなくなれば、海の家は終わりだったのだ。

「お父さん、海の中歩いてもいい？」

展孝が波打ち際を歩きたがったので、手をつないで散歩した。ビーチサンダルで水を蹴《け》り上げながら、展孝はとても喜んでいる。

「スイカも買ったねえ、おそうめんも楽しみだねえ」

そうめん大好きなのは、とても助かる。

その時、忠和はハッと立ち止まる。まるで幻を見たように。

息子はしゃがみこんで貝を探し始めている。こちらの様子には気づいていない。

そこには、昔父がやっていたのとよく似ている海の家があった。

父は死んだはずなのに、なぜ——と思ったが、もちろんすっかり同じではない、とわかっている。違う人が昔ながらの海の家をやっているだけだ。きっとレトロ風なところを売りにしているんだろう。ああいうのは、あんまり珍しくない——。

「あっ！」

その時、どこからか声が聞こえた。

我に返ると、息子がいつの間にか海に入り込んでいた。ざばざばと波を蹴散らして。

「ダメダメ」

なんだ、この声。おじさんが展孝に声をかけているみたいだが、その姿は見えない。

「お父さん、早く早く」

自分に声をかけられて、足がやっと動いた。あわてて追いかけ、展孝を抱え上げる。本人は「なぜ？」という顔で見上げているが、あと少しで足がつかないところだった。

「遊ぶのは明日だよ」

「えー」

買い物袋を拾い上げて歩き出すと、波打ち際にぐったりとぬいぐるみが落ちているのを見つける。ちょっとかわいそうなので、砂浜の端にある柵の上に載せておいた。すると、

「すみません……」

という、またおじさんの声が聞こえたが、やはり姿は見えない。あたりを見回しても人影はなかった。え、まさか幽霊《ゆうれい》？　海の幽霊話は怖い。一度も見たことはないけれど。戸惑いつつ、忠和はびしょ濡れの息子を抱えて実家へ帰った。風呂を沸《わ》かして一緒に入る。ちょっとした散歩だったが息子は楽しかったようで、はしゃいで拾った貝のことなどを話していた。

風呂から上がって簡単な夕食を摂《と》る。オクラと納豆《なっとう》を載せたそうめん、焼肉のレタス包み、冷やしトマト、食後にスイカ。息子は、好き嫌いやアレルギーがない子なので、

なんでも食べる。ちょっと食べ過ぎかな、と思う時もあるが。この日も、父親と同じくらいの分量をペロリと平らげた。そして、歯磨《みが》きをしたあとテレビの前に座ったら、あっという間に眠ってしまった。寝袋（ファスナーをはずしてあるので、ただの毛布のようだが）に入るのを楽しみにしていたのに。

忠和も眠くなってきたので、展孝の隣に横たわる。明日からやることはたくさんある。

それにしても、夕方のあれはなんだったのだろう。

砂浜の謎の声も気になる。あの手の話は昔からあるけれど、忠和は信じていなかった。海で不思議なことが起こるというのはなんとなくわかるが、幽霊とかの「怖い」というものとは違う気がするのだ。

それより、あの海の家だ。父親がやっていたのとそっくりの海の家。

いや、よく思い出してみれば、違う。屋根の形や色は微妙に違うし、建材《けんざい》も新しい。多分あれは、今年できたものだろう。

でもなんだか、雰囲気がそっくりなのだ。気味が悪いほど。あれを見た時、一気に三十年くらい時間が巻き戻った気がした。一人ぼっちで父の海の家を見つめている小学生の頃の自分が見えたようだった。

そういえば、海の家の権利は、生前に組合の人に譲ったと聞いたが——と考えているうちに、忠和は眠ってしまった。朝までぐっすりと。思ったより疲れていたようだ。

次の日、朝から展孝はそわそわしていた。

「海に行こうよ！」

と忠和を急《せ》かす。

少しモヤモヤも残っていたが、展孝の輝くような顔を見ているとグズグズもしてられず、朝食を摂ってすぐに海へ行った。一番暑い時間帯には帰れるように。

海岸に着くと、展孝は歓声をあげて海へ飛び込む。忠和も一応水着だが、水際で見守るだけだ。

展孝には沖へ向かって泳がないようにきつく言った。海岸線と平行に泳げと。なるべく足のつくところで。父が泳げないとわかっているけれど、海のあるこの街出身だと知っているからか、素直に聞く。

しばらくすると疲れたのか、浮き輪でプカプカ浮いて楽しんでいた。足がつくところで忠和もつき合う。

「お父さん、お腹空いてきた」

「もうか？」

さっき朝ごはんを食べたばかりなのに。食べ盛りにはまだ早いのではないだろうか。しかし、思い切り遊んでいたからな。そりゃ腹も減るだろう。自分もそうだ。けっこう減っている。大したことはしていないが。

「何が食べたい？」

いろいろな海の家がある。展孝に選ばせるか、自分で選ぶか——迷うところだ。

息子の手を引いて、各海の家の食事のメニューを見る。ハワイアンっぽいところだと息子が好きでよく食べるロコモコ丼《どん》がある。ハンバーグが好きなのだ。

「ここにする？　ハンバーグ食べられるよ」

「うーん……」

息子は悩んだようだが、結局また忠和の手を引いて先を急いだ。なるべくあそこには行きたくない、と思っていたが、息子が選んだのは、まさしくそこだった。

赤と青の屋根が印象的な、レトロな海の家。名前は——なんと「うみねこ」。父の海の家とまったく同じだった。

なんで名前まで同じなんだ!?　忠和は再びショックを受ける。

「カレー食べたい」

と無邪気に展孝は言う。

正直、入りたくない、という気持ちはあったが、もうあれから何年たっているというのだ。それをまだ気にしているなんて情けない。

「わかったよ」

忠和は展孝の手を引いて、海の家うみねこに入っていった。

中もほんとに、昔とよく似ていた。テーブル席と座敷席。座敷ではよく、小さな子が眠っていたりした。ラーメンやカレーなどの匂いが充満《じゅうまん》している。

たくさんの人がわいわい楽しそうに飲んだり食べたりしている。潮と日焼け止めの匂いもする。厨房がオープンになっていたりして、違う部分もあるが、雰囲気はとても似ている。

その半面、目を引くのは壁に貼ってあるかき氷のメニューだ。すごくたくさんある。これは昔にはなかった。ごく普通の紙コップなどで供《きょう》する市販シロップのかき氷だけだった。「自家製シロップ使用」の字が大きく強調されている。

バイトらしき女の子に案内されて、奥の方の席に座る。

「お父さん、僕カレーね」

そんなにカレーが食べたかったのか。実家にいる間に一回くらい作るか。

「じゃあ、お父さんはラーメンにする」

具の少ないラーメンというのは、海の家の思い出の一つ——らしい。友だちに言わせると。忠和もメニューはひと通り食べた記憶はあるが、もう遠い彼方だし、ラーメンがいい思い出になったりはしていない。

「ラーメンとカレーですー」

女の子が声を張り上げると、

「はーい、ラーメンとカレーね」

と返事が聞こえた。ん？　どこかで聞いたような声？

振り向くが、見憶えのある人はいない。そうだ、ここは誰がやっているんだろう。

以前、世話になった大人は、ほとんど亡くなっている。みんな自分の両親と同じくらいの年代だったし、もちろん存命の人もいるだろうが、探す気はなかった。迷惑《めいわく》をかけたとは思っているが、合わせる顔がないというのも本音だった。

「お父さんのラーメンもちょっとちょうだいね」

「いいよ。じゃあノブくんのカレーもちょうだい」

「いいよー」

自分の口調を真似《まね》して偉そうに言う展孝を見て、どうして両親はこんな小さな子供をほったらかしにしたんだろう、と思う。

「おまたせしましたー」

女の子がラーメンとカレーを運んできた。いい香りがする。あれ、なんだかおいしそう……。

カレーはごく普通のものに見えた。野菜の形も残っていて、家庭のカレーに近い。ラーメンはチャーシューとメンマとネギが載っているシンプルな醬油味だ。「具の少ないラーメン」そのものではあるが、チャーシューはけっこう厚い。

「いただきまーす」

展孝がそう言って、カレーを一口食べた。

「おいしいー」

と言ってにっこり笑う。

「そうか、よかったな」

忠和もラーメンをすする。

とたんに手が止まった。記憶の蓋《ふた》が一気に開いた気がした。

味は、小さい頃食べたものとは違った。それはもちろん、父が作ったものだ。もっと麺が細くて、チャーシューはもっと薄かった。同じ醤油味でも、おそらくこっちのスープの方がおいしいはずだ。なかなかあなどれない味だと思った。

でも、どうしてだろう、強烈になつかしい。海の家ではなく、たまに父の居酒屋で食べた時のことを思い出した。大人たちが騒ぐ中、居心地悪く急いで食べたラーメン——味なんて憶えているとは思わなかったのに……。

「お父さん、ラーメンちょうだい」

展孝が言うので、カレーとラーメンを交換した。

カレーもまた、忠和を子供の頃に引き戻す。母がスナックで出していたカレーを思い出した。母のカレーは大評判で、それを求めて来る客も多かった。忠和も小さい頃は好きだったが、いつしか食べられなくなった。家で母が作ってくれなくなったからだ。

自分で作っても、兄が作っても、同じ味にはならなかった。父も、居酒屋で「カレーが食べたい」という客には母の店から出前を取っていたほどだったのだ。

このカレーもまた、母のとは違うと頭ではわかっていた。でも、食べるとそれを思い出さずにはいられない。

なんだこれ。どうしてこんなになつかしいんだろう……。

「お父さん、どうしたの？」

展孝が驚いたような声で言う。

「え？」

目の前が潤《うる》んでいる。忠和は、自分が涙を流しているのに気がついた。

「……なんでも、ないよ」

とあわててタオルで顔を拭《ふ》く。

「暑いから、汗をいっぱいかいたんだよ」

「ほんと？」

疑わしそうな顔で見る。

「ラーメン食べ過ぎちゃったからかと思った」

見ると、本当に半分以上食べられていた。

「もうカレーはいらないの？」

カレーは半分くらい残っている。忠和は一口くらいしか食べていないのだ。

「ううん、食べるよ」

そう言って、また食べ始める。忠和は苦笑をして、残りのラーメンを食べた。

帰る時、レジのところにいた女の子に勇気を出して訊いてみた。

「この店の店長さんってどなたなんですか？」

「山崎といいますが」

山崎——知らないな。小学校の同級生の中にいたけれど、まさか彼が？　それ以外で世話になった人には……いや、ちゃんとした名前も知らなかった人もいるのだが。

「あの……昔ここでやってたうみねこって海の家、実は僕の身内がやってまして……」

「えっ、そうなんですか⁉」

思ったよりも驚いた。

「あたしの母が昔バイトしてたって言ってました」

「ええっ」

世間は狭い。

「ちょっと店長呼んできますね」

女の子があたふたと向かった場所は、厨房で——さっきまで乾いていた鉄板の上では、焼きそばらしきものが炒められていた。しかし、炒めていたのは、人間ではなかった。

ぶたのぬいぐるみだった。

「あっ！」

展孝が声をあげた。無理もない。それは昨日の夕方、海で拾ったぬいぐるみだったからだ。

びしょびしょだった身体はきれいに乾いている。桜色のぶたのぬいぐるみの大きさはバレーボールくらい。黒ビーズの点目に突き出た鼻、大きな耳の右側はそっくり返っている。エプロンをして、頭にははちまきをしていた。

「店長、昔のうみねこの身内の方ですって」

「えっ、そうなの!?　ちょっと待ってて」

ぬいぐるみは手早く焼きそばを炒めて、皿に盛りつけ、こちらへやってきた。はちまきを取りながら、身体をペコリと折り曲げる。

「こんにちは、店長の山崎ぶたぶたと申します」

なんという……そのまんまの名前。息子が足にしがみついて、ポカンとした顔をしている。

「あ、あの、船尾と申します」

あっ、お礼を言わなくてはっ、と忠和は焦る。

「昨日はありがとうございました」

「昨日？」

「息子を止めていただいて──」

「あー！」

思い出したように手をポンと叩く。

「お気になさらず。よくあることですから」

え、そうなの……？　あ、子供に、ってことか。

「ところで船尾さんということは、昔のうみねこの──」

こちらの戸惑いをよそに、ぬいぐるみは話を進める。

「はい、昔のうみねこをやっていたのは、僕の父です」

「──一造《いちぞう》さんの息子さん？」

「ええ」

「それは――はじめまして。お会いしたかったんです」

「え？」

なぜ？

「父と面識があったんですか？」

「いいえ、直接にはないんです。でも実は、一造さんのお身内の方にお渡ししたいものがありまして」

「え？」

「もしかしたらお持ちかもしれないのですが」

「どういうことですか？」

「すみませーん、オーダーお願いしまーす」

客席から声がかかる。

「あ、はーい！　すみません、ご連絡差し上げたいのですけど……」

「実家にいます。電話番号はわかりますか？」

「はい、わかります。じゃあ、今夜にでも連絡します。ご都合は大丈夫ですか？」

「はい」

ぬいぐるみ――ぶたぶたはそう言って、客席へ戻っていった。

海の家を出ると、息子は興奮してしゃべりだした。

「あれ、昨日見たぬいぐるみだよね？　どうしてしゃべってるの？　おじさんみたいな声だったねえ！」

そういえばそうだった……。自分よりも年上にしか聞こえない声だった。

「びっくりしたよー。またあの海の家に行きたいなー」

そう展孝に言われて、ちょっと複雑な気分になる。

海水浴場でさっとシャワーを浴びて、スーパーで買い物をして家へ帰った。展孝はスイカを食べたあと、昼寝を始める。

その間、忠和は実家の荷物の整理をした。

業者を入れる予定なので、必要なものを持ち出せば、あとのものは処分してもらえる。家自体をどうするかは兄にまた相談する予定だった。

両親はあまりものを溜め込む方ではなく、貴重品などをしまう場所も決めてあったので、整理はそう大変ではない、と考えていたが、実際に見てみるとけっこう時間がかかる。アルバムもあり、こういうものをどうするか迷うところだ。

思ったよりも写真はあった。見事なまでに忠和が小学校に入るまでだったが。小さい頃は旅行へ行ったりもしていたらしいが、自分は小さすぎて憶えていない。兄は楽しそうな表情をしていた。なんだか展孝に似ている。

息子二人分の学校の成績表とか卒業証書とか賞状とか宿題とか——そういうものもある。大事にとっておいてくれた、というのが少し意外だったが、捨ててしまったものがあっても、それがなんなのかはわからない。でも別に「あれがない」とショックを受けるわけではないし、ましてや見憶えのないものは、こちらにわかるはずもないのだし。

だがそれも、高校までのもので終わりだった。それ以降は自分も兄も実家にほとんど帰らなかったから、思い出のものはほぼない。

父も母もエンディングノートというものをつけており、重要書類の保管場所も亡くなる前の母から聞いていた。葬式や相続《そうぞく》で困ることもなく、すべてきちんとしていた。

「あんたの父さんと母さんは、しっかりした人だからね——」

と小さい頃、周りによく言われていたっけ。

「だから、あんたもしっかりしないとね」

ともよく言われた。

実家はある意味、すでにきれいに整理されていた。本当に両親はしっかりしていた人だった。

だが、残された遺品《いひん》をどうすべきなのか、忠和にはわからなかった。ここにあるのは、自分と兄の記録と、両親の思い出だ。両親以外誰が写っているのかわからない写真や、日付のラベルのみのビデオ、当時は重要だったかもしれない書類――それらを「いらない」と言える勇気がなかった。どうするにしても、その決心には時間が必要に思えた。あるいは、なんの意図で残されたのかがわかるまでは。ほったらかされた自分にとって、少しは気にかけてくれたのかも、と思えるものが増えるかもしれないから。

二人は、どうしてあんなに働いていたのかな。二人とも、子供の頃は貧乏だったと言っていた。学校にも満足に行けなかったと。

俺たちには、大学に行ってもらいたかったのかもなあ。

でも、二人とも結局高卒だ。兄はわからないけど、自分は勉強熱心にはなれなかった。

それでも充分、働いて妻子を養ってはいる。

家族旅行の写真を見て、

『このままバラバラにならなかったら、何か違った人生があったのかな』と思う。正直そっちの方がうらやましいとはあまり感じられないのだけれども。

その夜、ぶたぶたから実家へ電話がかかってきた。声だけだとぬいぐるみが浮かばない。普通のおじさんの声だ。

「昼間は失礼いたしました」

「いえいえ、こちらこそ突然押しかけまして」

「そんな、店にいらしていただいたんですから、突然なんてことありませんよー。ありがとうございます」

本当に、ただの働き者の当たりのいい人の声にしか聞こえない。

「あの……ラーメンとカレー、昔うちで出してたのより、ずっとおいしかったです」

「あ、ありがとうございます。レシピが残っていたものは、それを参考にしてアレンジしています。ラーメンとカレーと焼きそばは、ご両親のお店の常連《じょうれん》さんが教えてもらったレシピがありまして」

「そうなんですか。店でも出してましたもんね」

「他のはわたしのレシピでやってます」

なんだかこの人の料理は、おいしいような気がする。うちの両親もうまかったが。

「それで、お渡ししたいものなんですが、建築会社やってらした海の家の組合の水野《みずの》さんって憶えてらっしゃいますか？」

「あ、はい」

父親と仲が良かった水野のおじさん、というのは憶えている。

「その方がわたしに元うみねこの身内の方が来たら渡してほしい、と言っていたものがあるんです。もしよろしければ、お届けにあがりたいんですが」

「そんな、海の家に持ってきていただいたら、そこで受け取りますよ」

「ちょっとご説明というか、お話もしたいと思いまして……夜か、雨の日にお会いできますか？」

雨の日か……。海の家が休みの日。でも、両親はずっと寝ていたな。遊びにいけないので、忠和も家で静かに遊んでいた。両親がいない時と変わらない日ではあったけれど、いつもとは違う日だと感じていた。

今でも雨の日はなんとなく切ない。歳をとっても忘れられないものなんだな、と思うくらい。

雨の日に会うとそんな気分になりそうだし、約束がしにくいので、夜に来てもらうことにした。

「忙しいところ、すみません」

「かまいませんよ。ご都合の悪い日などありますか？」

もう今日でもかまわない、早めにすませたいと思ったが、それは向こうの都合もあるだろうから、明日にしてもらった。

「わかりました。では明日うかがいますね」

最後までぬいぐるみであるとうかがわせないまま、ぶたぶたは電話を切った。


考えてみれば、両親の海の家も夕方に終わっていたのだ。でも、そのあとは自分の店もやっていた。だから、ずっと家にいなかったんだな、と改めて気づく。

海の家だけだったら、夜は一緒に過ごせたかもしれないのに。

そんなことが玄関に現れたぶたぶたを見て浮かぶ。

「わー、昨日のぬいぐるみさんだー！」

展孝がうれしそうに叫ぶ。昨日からずっと話が止まらなかったのだ。

「ちゃんと挨拶しなさい」

「こんばんはー。いらっしゃいませー」

憶えたことそのままの棒読みだが、目は釘づけだ。

「こんばんは。これ、おみやげです」

ぶたぶたが展孝に差し出したのは、美しいゼリーだった。花やフルーツがたくさん入っている。

「うちのカフェで出そうと思っているものなんですけど」

「すごーい、きれーい！」

「ありがとうございます。わざわざおみやげまで——」

「いえいえ、押しかけたのはこっちの方なので——」

いかにも大人同士というような会話をする。片方ぬいぐるみだけど。

「どうぞお上がりください」

「ありがとうございます。お邪魔します」

ぶたぶたはペタペタと玄関に上がってきた。昔ながらのこの暗い玄関に上がると、失礼ながら妖怪《ようかい》っぽい雰囲気をかもし出す。

居間の座敷に通す。何を出したらいいのだろう。これが普通のおじさんなら、酒でも用意するところなのだが。

展孝はわくわくした顔でぶたぶたを見つめ続けている。

「麦茶飲む？」

自分よりも息子の方が先に訊く。

「あ、おかまいなく。夕飯もすませましたので」

「酒の方がいいですか？」

思い切って訊いてみるが、

「明日も早いので、遠慮しておきます」

と返ってくる。遠慮ということは、早くなければ飲むということなのか？　きょとんとした点目の表情は読めない。

「じゃあ、麦茶持ってきてあげる」

展孝が台所へ走る。では、もらったゼリーを出そうか。

息子が慎重に麦茶をコップに注ぐ横で、忠和は皿にゼリーの容器を並べ、ついでにスイカも一口大に切って出す。二人だとなかなかなくならない。

「どうぞ」

「あ、いや、すみません。お気遣いいただきまして」

本当に見た目はかわいいぬいぐるみなのに、仕草と声はおじさんだった。手刀を切るところとか。

「こちらもいただいたものを出してしまいましたが——」

「ぜひ食べた感想をお聞きしたいです」

「食べていいの？」

展孝が言う。

「お客さんが食べてからだよ」

「いえ、わたしは味わかってますから、先にどうぞ食べてください」

「いただきまーす」

展孝はさっそく並べられたゼリーに手を伸ばす。

「わー、おいしいー」

展孝が食べたのは、ミルク色のゼリーだ。赤いものが見え隠れしているが、あれはいちごだろうか。

「いちごがいっぱい入ってるよー」

「船尾さんもどうぞ」

「じゃあ、花のを――」

こんなの食べたことないから。

甘く透明なゼリーと花を一緒に食べると、香りとほのかな渋味を感じる。不思議な味のゼリーだった。

「大人の味ですね」

「見た目重視ではあるんですが、花もけっこうおいしいんです」

ぶたぶたは、短い足でむりやり（？）正座してスイカを食べていた。どこが口なのかわからないけど、鼻の下のあたりに、ひづめのような布を張った両手（？）で持ったスイカがシャクシャク消えていく。身体に染みないのだろうか。赤くならないのか？

ぬいぐるみと小さな子供とおっさんがゼリーとスイカを食べている、と考えると、すごく不思議な気分になる。このゼリーよりもずっと。

「それで、お渡ししたいのはこれです」

スイカをひと切れ食べ終わったぶたぶたが、持ってきた紙袋を差し出す。中には、大きめの封筒とCDなどを入れるケースがあった。

「水野さんがあなたに渡してくれと。水野さんは、今年の海開きの直前に亡くなってしまわれたんですが」

「それは……お気の毒に」

「お歳の割にはかなり元気な方でしたから、みなさんショックを受けてらしたようですけど、同時に大往生《だいおうじょう》だとも言われてました」

いくつくらいだったんだろうか。父親よりも上だったことは確かだ。もしかしたら、親子くらい歳が離れていた可能性もある。だとしたら、確かに大往生かもしれない。

「現在は息子さんが会社をやってらっしゃるんですが、建築だけでなく不動産もやってらして、その関係で水野さんと知り合いました。今回わたしに海の家の話を持ってきてくださったのも水野さんなんですけど」

ぶたぶたの話を要約すると、彼は実はこの秋から街でカフェをオープンする予定なのだという。それがなんとかき氷を中心にしたカフェだということで、水野が「海の家を夏にやってみないか」と声をかけてきたのだ。

「夏にオープンできなかったんですか？」

「いい場所が秋からしか使えなかったので……それに、カフェの名前も偶然にも『うみねこ』だったんです。プレオープンとして宣伝になるかなと思って、今に至ってます」

「繁盛していますか？」

「おかげさまで」

お、なんだかにっこり笑ったように見えた。

「で、これなんですけど――」

とまずは封筒を開く。中から設計図のようなものが出てきた。

「船尾さんのお父さん――一造さんが海の家を作った時、水野さんが描いた設計図なんだそうです」

ところどころ薄くなった手書きの几帳面《きちようめん》な文字が並んでいる。

「水野さんが言うには、お渡しというより返さないといけないものがあったと――」

設計図や外観のイメージラフなどの下から、拙《つたな》い絵が出てきた。赤い屋根と青い屋根、白い壁の小さな家の絵だった。

「これ……」

なんとなく見憶えがあった。裏を見ると、父の字で「忠和画」とあった。

「海の家のイメージをこんな感じにしてほしい、とおっしゃっていたそうです」

「でもこれ……俺が考えたわけじゃないですよ」

ここには持ってきていないが、家にある絵本『三びきのこぶた』の中のイラストにそっくりだった。当時保育園に行っていた忠和はその絵本が大好きだったのだ。もちろん、兄のお古《ふる》である。そして、今は展孝のお気に入り。ずっと昔からある絵本なのだ。

「しかもこれ、狼に吹き飛ばされる二番目のこぶたの家ですよ。縁起《えんぎ》悪いじゃないですか⁉」

「ああ、やっぱりそうだったんですね」

「やっぱりって？」

「最初見せていただいた時は全然わからなかったんですけど、小さい子はこれを思い浮かべる子が多いみたいで――」

「まあ、他のイラストのもあるでしょうけど」

ディズニーのもあるし。

「うちは『三びきのこぶた』自体があまり馴染《なじ》まなかったようで」

苦笑したような口調で言うが、うち？

「どういうことですか？」

「絵本より面白い実物がいるからじゃない？　と妻に言われました」

妻……うち……えっ、つまり、子供がいるってこと？

一気に混乱してしまう。

展孝が笑っている。意味わかってるの⁉

「ぬいぐるみさんが『三びきのこぶた』だったらよかったのにー」

そっちか……。

「水野さんの記憶だと――」

こちらの混乱をよそに、ぶたぶたは話を続ける。

「――一造さんが、

『息子たちにどんな海の家がいいかって訊いたら、これを描いてくれた。ぜひ似せて作ってほしい』

と言ってたそうなんですよ。縁起悪いんじゃないかって話もあったそうなんですけど、

『絵本の話なんだし、しっかり作ってくれれば大丈夫だよ。せっかく描いてくれたんだ

から』

って」

話を聞いているちに、混乱が治まってくる。

「このいきさつを、兄は知っていたんでしょうか？」

「それはわかりませんけど――」

ともう一つのケースをぶたぶたは差し出す。

「こちらには、お兄さんが映っているようなので、憶えている可能性は高いですよね」

「これはなんなんですか？」

「昔のビデオをＤＶＤに焼いたものなんですって。水野さんが撮影して、一造さんにもテープで渡したらしいですけど」

ビデオデッキはもうなかった。ＤＶＤプレイヤーもない。持ってきたパソコンに入れてみる。

ぶわぶわの画質だったが、ちゃんと見られる。音声も小さいが聞き取れる。

浜辺で、父と小さい頃の兄――おそらく小学五年生くらい――が海の家にペンキを塗っていた。そばには母が忠和と手をつないで立っている。

父と兄は笑いながら、次々とペンキを塗っていた。看板を作ったり、椅子を組み立てたり。それを母が自分を遊ばせながら見ている。

みんな笑顔だった。

最後に、水野が入れたのであろう日付のテロップが出た。それは、遺品の中にあったビデオテープにも記されているものだった。

あの海の家は、家族の思い出の家だったのだ。

「ペンキ、塗ってみたーい」

展孝が画面を見ながら無邪気に言う。

「塗ったことある？　ぬいぐるみさん」

「あるよ」

「ええーっ、すごーい！」

「鼻についちゃって大変だったよ」

展孝が笑い転げる。それを見ても、忠和の心は晴れなかった。

次の日も展孝を連れて海へ行った。遊びに来ていたうみねこのバイトの女の子の弟と、その友だちが誘ってくれて、一緒に遊んでくれることになった。

忠和は日よけテントの下で彼らを見守っている。

三人の男の子たちが海でキャーキャー遊んでいるのを見ているうちに、兄と話したくなってきた。小さい頃は、いつもあんなふうに遊んでくれていたから。

昼間だから出ないだろう、と思って電話をしたが、兄は出た。

「どうした？」

ちゃんと忠和の番号を登録してくれていたようだ。

「今、時間大丈夫かな？」

「平気だよ。昼休みだから」

そうか。もうそんな時間か。

「あの、昨日のことなんだけど――」

前置きもなしに、ぶたぶたから聞いたこと、絵のこと、ビデオのことなどを兄に話した。

「――兄ちゃんは憶えてる？」

少しの間ののち、

「……うん」

と兄は返事をした。

「ずっとひっかかってたんだ、それ」

思いがけないことを言われる。

「あの海の家は、作らなかった方がよかったんじゃないかって」

「それは……吹き飛ばされる家をモデルにしたからってこと？」

「そうだな……それもあるけど、あの海の家がうまくいってから、親父とおふくろは、やたら働くようになったんだ」

兄はため息をつく。

「それまで、二人は本当に苦労してたし、お前は小さかったからわからなかったろうけど、うちは本当に貧乏でなー。働いても働いても楽にならなかったんだ。それでも子供には不自由はさせないようにがんばってた。旅行にも行かせてやれないなんて不憫《ふびん》だって、一度だけ一泊旅行に連れていってもらったよ。

でも、海の家をやったら、何もかもうまく回り始めた。店は繁盛するし、人も頼りにしてくれる。それに応えていたら、もっと仕事や人間関係が忙しくなったんだ」

兄の話では、それまでの不運《ふうん》が逆転するように両親の運気が上がったらしい。何をしてもうまくいくし、金も相応に入ってくるようになり、働くこと、人の役に立つことが二人の生きがいになってしまったと。

「そのツケがお前におっかぶさったと、その当時は俺も親もわかってなかったんだよな。両親は当然家に帰らないし、俺も家が面白くなくて、友だちのところに入り浸《びた》ってた。誰もお前の面倒を見てやらないことに、気がつかなかったんだ。本当にごめんな」

それで兄は、「遺産を放棄《ほうき》する」と言っていたのだ。罪悪感から。

でも、兄だって自分よりも年上だったけど、子供だったのだ。

忠和は、実家のことを思い浮かべた。お金が入ったからと無駄なものを溜め込むこともなく、質素で分相応の家のまま、手入れをしながら使っていたきちんと片づいた実家を。

両親の姿も思い出す。服装が派手とか、外車に乗るとか、旅行に行くとかもなく、ただひたすら働き、人のために動いてばかりだった両親――。

息子を顧《かえり》みなかったことを恨《うら》みに思ってはいなかった。ただ不思議というか、その理由が知りたかったのだ、と忠和は思う。

それまでどのような苦労をしたか、自分にはわからない。でも、その苦労が報われる気持ちは、よくわかる。自分だってそうだったから。がんばって会社を興し、妻とかわいい子供のいる家庭を持てた。寂しい思いを抱えた過去があっても、今は幸せだと思える。

両親は、あの時幸せだったんだな、と感じることが、少し気が晴れることになるのが意外だった。二人の葬式には、たくさんの人が来た。身内だけでは寂しいと兄が言ったので、近所に告知をしたのだ。老後もたくさんの友だちに囲まれていたのだろう。若い人も多かった。でも、それは推測《すいそく》に過ぎない。両親の老後には、ほとんどかかわらなかったから。

顧みなかったのは、自分だって一緒だった。その罪悪感を、忠和も持っていたのだ。

「兄ちゃんは、今幸せなの？」

気がつくとそんなことをたずねていた。

「え？」

「幸せなの？」

「あ、ああ。幸せだよ」

「ほんと？」

「うん」

迷いのない返事に聞こえた。

「ならよかった。それでいいよ」

何がいいのかよくわからないけれど、忠和はそう言っていた。

「でも、後悔してるんだよ、あの海の家のこと……」

兄はそう続けようとしたが、

「そんなの気にすることないよ」

まるで今度はこっちが兄のように言う。

「だって……」

「どっちにしろ、海の家は夏が終わったら壊されるものだったんだから。狼がいなくたって――」

――こぶた自らの手によって。でも、再建なんていつだって可能なのだ。今年の夏にそれをやったのも、こぶたのようなぬいぐるみだった。

みんな働き者だ。

沈黙が流れる。だがそののち、

「……そうか」

と兄はつぶやいた。

それで納得したかどうかわからない。でも、そう言った兄の声は、少し笑っているように聞こえた。

合コン前夜

夏真っ盛りの海水浴場で、合コンをしようと久保田朝《くぼたあさ》は計画していた。

二十八歳の朝は、合コンの幹事《かんじ》をやりまくっている。会社帰りの平日合コン、ランチ合コン、土日を利用した様々なレクリエーション合コン。基本的にこんな感じで。幹事をやるのが面白すぎて、もはや合コンの本来の目的から朝自身は逸脱《いつだつ》しているが、それはそれで楽しいからいい。

最近は、イベント企画《きかく》会社からのお誘いもあり、合コンに限らずイベントのプロデュースなどもして、ちょっとした兼業《けんぎょう》状態だった。ＳＮＳでも積極的に情報を発信しており、芸能人にも負けないくらいのフォロワー数だ。もしかしたら転職するかもしれない。本を出さないかとかも言われている。

今年の夏も様々な企画のために大忙しなのだが、珍しく友人たちからリクエストがあった。「夏の海で遊びたい」と。

それはもちろんいいのだが、なぜわざわざ朝に「企画してほしい」とまで言うのか、

とたずねると、

「そろそろ夏の海はヤバい、と思って。行けなくなる前に行きたい。行くんだったら、できるだけ楽しく過ごしたい」

日焼けが気になる歳になってきた、というわけだ。「そんなの気にする必要ないよ！」と言いたいが、気持ちはわかる。朝も気にしていないわけではない。

さて。泊まりはいろいろめんどくさいので、もちろん日帰りだが、あまり遠くても盛り下がる。行きの車の中から合コンみたいなものだが、相性が悪かったら困るので、移動時間はなるべく短くしたい。

すると選択肢は一つだけ。朝はネットの地図を見て、場所を決めた。八月は平日でもここら辺の道も、もちろん海も混み合っているはずだ。

朝には男性側をセッティングしてくれる男友だちが何人かいる。今回の合コンに最適《さいてき》な友だちを選んでくれそうなテルに連絡を取り、メンバーはあっさり決まる。日にちを決めるのにはちょっと手間取った。なんだかんだ言って、みんなちゃんと会社員をやっているので、休みを調整しなければならない。

とはいえ、なんとか全員の都合のつく日が決まる。天気も大丈夫そうだ。予報がちゃんと当たってくれれば。

朝は、まるで遠足のしおりを作成するように一日の計画を練《ね》る。

あくまでも海で遊ぶことがメインの合コンなので、いろいろなアイテムを用意しなければ。海の家とかで借りられるかな。

ジェットスキーとか、そういうのはできないらしい。そういうアクティビティは他の海岸に行かなくては。

でも、友人たちはそういうことがしたいわけではないらしい。だって合コンなんだもの。男の子たちが夢中になるようなものが用意されていても、というところだろう。男女で楽しく遊べることの方が重要だ。

あとは食事だな。

早々に海での遊びは切り上げて、近所のレストランでランチをする、というのが妥当《だとう》なところだろうが、問題は今が夏休み真っ只中だということだ。

「予約が全然取れない！」

ランチ時は予約できないという店も多いし、できるところはもういっぱいだ。

どうしようかな……。今回は三対三（自分含）という小規模な合コンなので、飛び込みでも……いや、それでも少し並ぶかも。

時間をズラして対処するしかないか。けど、なるべく午後一時くらいには入りたい。でも、味は？　おいしくなくたってこの時期はこんなもんだとは思うが、文句を言われるのは朝のプライドが許さない。いつもみんなに満足してもらっているのに。

ネットの情報だけでは足りないので、下見《したみ》に行くしかない。

さっそく次の土曜日、朝は自ら車を運転して、海へやってきた。駐車場の空き具合を確かめる。ぐるぐる街なかを回って出した結論は、海で先に人を降ろして、駐車場に車を入れてからあとで合流をする、というものだ。

となると、車は朝が出すべきか。今日はレンタカーを借りたのだが、ここら辺をどうするかはテルと相談しよう。朝としては、自分の運転でも全然かまわないのだが。

いい天気だったので、海はすごく混んでいた。これは想定内だ。

海の家はたくさんあり、レンタルするものはひと通りそろう。日よけ用のテントなどはバーベキューの時に買ったものを持っていけばいいだろう。海で遊ぶ分には心配はなさそう。

やはり懸案《けんあん》は昼食だ。

車で来ているので、いっそ近隣のスパとかスーパー銭湯《せんとう》へ行ってさっぱりしてしまう、という手もある。女子のみならば絶対にそっちだろう。ただ、これは合コンなのだ。あくまでもビーチ合コンがメイン。男女が分かれてしまうスパなどもってのほかだ。水着ゾーンに行けばいい、という考えが頭をよぎるが、それじゃ海に行く意味ないじゃん！

熱い砂の上を歩きながら、朝は思案《しあん》し続ける。一番端にある海の家の前まで来て、はたと立ち止まる。

なんとも古ぼけた海の家だった。自分の小さい頃には、まだこういう海の家がたくさんあったように思うが、最近はもっとおしゃれなものが多い。海水浴客だけでなく、地元の人も呼び込もうと夜も営業していたりする。ここまでで見たのも、だいたいそんなような店だった。

しかもここは、夕方には終わってしまうようだった。食事のメニューもラーメンやカレー、焼きそばなど。かき氷のメニューは多いけれど、シロップの種類がたくさんあるだけだろう。

表に黒板で「大人気！　冷たい汁なし味噌麺」と書いてある。これが売りなのか。裏はかき氷のイラストとメニューだ。かわいい看板。絵うまいな。

しかし、それ以外目を引くところがない。

ネットで「海の家うみねこ」と検索《けんさく》してみると、「かき氷がおいしい」とのことで、意外なことにおしゃれな写真がたくさんあった。うん、かき氷はおいしそうだしかわいいし、バラエティに富んでいる。でもけっこう高いな。

それにしてもかき氷の写真にいつも見切れているこのぬいぐるみはなんなんだろうか。店に置いてあるんだろうけど。

お昼どうしようかな……。自分もお腹空いてきた。海の家ではなく、近隣《きんりん》の店のチェックをしに行くか。

「あのう、すみません」

突然声をかけられる。振り向くと、見知らぬ男が立っていた。Tシャツにペラペラの半パンを穿いて、帽子をかぶっている。自分と同じくらい、海に入ろうとはしていない人。年頃も同じくらい。

「今、お時間大丈夫ですか？」

なんなの、この人は。ナンパならお断りなんだけど。

「どなたですか？」

「あのう、僕ライターなんですけど、ちょっとインタビューをしてまして」

と名刺を差し出す。「内田公夫」と書いてある。知らないなあ。あれ、でも書いてあるペンネームはどこかで聞いたことあるような……。

「実は、海水浴場に一人でいる人にインタビューしているんです」

口がぱっかり開いてしまった。今すごいことこの人言わなかった⁉　いや、確かにあたしは一人だけどさっ！　一人にはちゃんと理由があってだなあっ！

「――別に海水浴に来たわけじゃないですから」

下見よ、下見なのよ！

「あ、お仕事ですか？」

そんなようなもんよ！　と思ったが、厳密には嘘になる。いや、別にこんな知らない人に嘘を言ってもかまわないのだが、つき慣れていない。

口ごもったら、

「お仕事ではない？　ではなんでしょう？」

とそこにつけこむ。極悪《ごくあく》なライターだな。

「……みんなで遊びに来るので、その下見に」

あ、取材って言えばよかったのか、と今頃思いつく。けど、それにも食いつかれそう。

「へー！　そりゃあなんという心遣いの人！」

バカにしてんのか、と思いつつ、それは顔に出さない。

「一応幹事なもので」

「なるほどねえ。それで、この海の家を検討なさっていたと」

「いえ、ここは別に」

「ええっ、それはもったいないですよ！」

なんか急にトーンが変わったけど。

「ここはこの夏限定の海の家なんですよ！」

限定——そう言われると弱い。

「かき氷もおいしいですし」

「それはなんか評判みたいですね」

「いや、もうほんとに、食べてみてくださいよ。食べてみないとわかんないですよ！

ネットでも話題ですよ！」

うるさいなあ。

「知ってますけど」

「写真を投稿《とうこう》してみたくなるかき氷ですよ。一緒に食べません？」

ええっ、やっぱりナンパじゃんか！

「かき氷には特に興味はないんで」

そう言って、その場から離れた。

なんとなく腹が立つ。それは、一人で海岸にいるところをインタビューされそうになったことでも、しつこくナンパのような誘われ方をしたことでもない。

かき氷に関する情報を知らなかったことだ。

多少なりともプライドが傷つく。あの人に訊かれなければなんとも思わなかっただろうけど、知らないことが露呈《ろてい》した今では知らなかった自分が恥ずかしい。

せっかく下見に来たのに、海の家の外観だけで候補から外すのは、やはりいけない気がしてきた。たとえ、貸し切りなどでない限り海の家で合コンというのはやりにくそうだとしても。

朝は海の家に入った。入る前に、さっきの男がいないかどうか確かめて。「やっぱり～」とか出てきたら、逆ギレしてしまいそう。

とりあえず、もういないようだ。安心する。

中に入ると、やはり水着の客が多かったが、意外に朝のようにふらりと立ち寄ったみたいな客も多い。そういう人は例外なくかき氷を頼んでいるようだ。

とにかくかき氷のスペックがどれほどのものか、試してやろうじゃないの！

「お好きなところへどうぞ〜」

と中年女性の店員が言う。窓際の席に座る。自然光で写真が撮りやすい！

「お食事ですか？　それともかき氷ですか？」

そんな訊き方！

「かき氷で」

「では、専用メニューお持ちしますね」

大きなメニューが置かれる。すごくたくさんある！　と思ったけれど、これはつまり、かき氷とトッピングの組み合わせがたくさんあるということか。

普通のシロップのもある。それはけっこう安い。でも自家製シロップになると少しお高い。いちご、レモン、オレンジ、抹茶——レモンティーにオレンジティー⁉

「紅茶のシロップって面白いですね」

「人気です。さっぱりしますよ」

ベースのシロップとトッピングで幾通りものかき氷ができあがりというわけか。こういうのは楽しい。

「おすすめはありますか？」

「最近の店長のおすすめは、これですね」

と壁を指さす。何これ、「洋風宇治金時」？

「レモンティーのシロップに特製フルーツソースをトッピングしたものです」

それは「洋風宇治金時」とは言えないのでは……？　お茶使ってるから？　フルーツソースがあずき？

「あずき使ってるんですか？」

「いえ、使ってません」

だって「金時」だし。

適当なネーミングだな。

「洋風宇治金時」には同意できないものの、組み合わせはちょっとおいしそう、と思ったので、それを注文することにする。

「はい、お待ちください」

店内をキョロキョロ見回す。古いというより、レトロなのね。昭和？　昭和生まれじゃないけど！

キッチンはオープンじゃないの。明るくていいな。鉄板がドーンとあって、ここで何か作ってるのを見るのは楽しそう。お祭り感もあるし、盛り上がる。できたてのものすぐ食べられるってうれしいよね。

あまり広くないけど、なかなかいい店だと思った。料理がおいしければ、パーティー会場としてもちょっと面白いかも。

かき氷はどこで――と思ったら、奥からがーっと音が聞こえてきた。楽しみだなあ。かき氷おいしかったら、やっぱり料理も食べなくちゃかなあ――と思いながら奥の方を凝視していたら、出てきたのは小さなぬいぐるみだった。

バレーボール大くらいの桜色のぶたのぬいぐるみが、トレイの上に大きなかき氷を載せ、しずしずと現れた。氷につきそうな突き出た鼻、大きな耳の右側はそっくり返り、黒ビーズの点目はやけに真剣に見える。

そのバランス、変だろ！　と朝は心の中でツッコむ。かき氷が超絶《ちょうぜつ》軽くなきゃ、そ

んなもの持てないと思うけど⁉

いや、持てる持てないの問題じゃなかった。ぬいぐるみが動いているのがおかしい。そこを飛ばして考えてるあたしもおかしい。

「どうぞ」

隣の椅子にぴょんと飛び乗って、たんっとかき氷の皿が置かれた。

「洋風宇治金時です」

そのネーミングが一番おかしい。

目の前に置かれたのは、茶色いシロップにいろいろなフルーツの入ったソースとパセリみたいなものがかかっているかき氷だった。さわやかな香りがする。え、まさかシソじゃないでしょ？

「洋風」というエクスキューズがあっても、宇治金時には見えない。どこかから怒られそうなネーミングだ。

「どうぞ、ごゆっくり」

ぬいぐるみはさっさと去っていく。頭のなかではいろいろツッコんでいたが、口には出せなかった。なんたる不覚《ふかく》！

しかしかき氷だから、溶ける前に食べねば。この暑さの中放置したらもったいない。その前に器を持ち上げる。軽い！　すごく軽かった！　ふわふわのかき氷だ。キーンとしなさそう。でも、ぬいぐるみが持てるほど軽くないっていうか、器だけで充分重いと思うのに、どうして持てたんだろうか。トレイも持ってたな。

さくっとスプーンを入れると、さわやかな香りがまた広がる。これはシソではなくミントの香りだ。フルーツソースに粗みじんにしたミントが入っている。え、どんな味？　想像つかない――。とりあえず、氷とシロップとソースを一緒に口へ入れる。

「うっ――」

なんとおいしい。レモンティーの渋さと甘さ、フルーツの酸味とミントの清涼《せいりょう》感が口いっぱいに広がる。ざく切りのフルーツは、一つ一つの素材がわかる。いろんな味が楽しめる！

かき氷というより、デザートだった。レモンティーの濃さがすごくいい。かき氷で薄くなってない。

暑い時にこんなおいしくてさわやかなものを食べたら、汗がすっと引く。しかも後味もくどくない。甘さ、ちょうどいい！

何しろ氷自体も素晴らしい。雪を食べているみたいだった。もちろん早く食べないとすぐに溶けてしまうのだが、そこもまたいい。かき氷の醍醐味《だいごみ》を味わえる。

「うう、幸せ……」

つい独り言が出てしまうくらい堪能しているうちに食べ終わってしまう。その時になって初めて、写真を撮るのを忘れたことに気づく。

なんということ……！　そんなこと、ここ数年なかったことなのに！　昔はよくあったけど。SNSに慣れていない頃。

どうしよう、もう一つ写真のために頼もうか……。それとも、別のものを頼むか。でも、正直お腹はいっぱいなのだ。氷だから実際は全然栄養にはならないのだが、胃は膨《ふく》れている。

困った。あきらめて帰るしかないの……？

その時、ジューッとおいしそうな音が店内に響く。振り向くと、あのオープンキッチンの鉄板の上で、ぬいぐるみがヘラを振るっていた。

正確には鉄板の上じゃなくて脇なのだが、雰囲気的には上で一緒に炒められてるみたいだった。

チャーハンらしきものをものすごい手際で作っているのを見ていると、あまりにも面白くて、写真に撮りたい！　と思ってしまう。どうしよう、勝手に撮ってもいいのかな。最近はなんでもちゃんと許可を取らないといけない。けど、忙しい中声をかけるのも――。

と考えたところで思い出す。あのおしゃれかき氷写真に見切れてるぬいぐるみって、今料理作ってるぬいぐるみではないか！　気づくの遅い！　っていうか、すっかり忘れていた！

そうか、みんな自撮《じど》りのふりしてぬいぐるみを撮っていたんだ！

改めてSNSを見てみると、ちゃんとぬいぐるみの写真を撮っているものはない。これってもしかして、本当は写真NGなんだけど、自撮りの見切れならいいだろってことなんじゃないのか？

うーん……これはちゃんと訊かなければなるまい。他にも知りたいことあるし。

「すみません、ちょっとお訊きしたいんですけど」

近くにいた中年女性の店員に声をかける。

「なんでしょう？」

「この海の家って、貸し切りにはできるんですか？」

「え……それはどうでしょう。今、店長を呼びますね」

中年女性がぬいぐるみのところへ行って、何ごとかささやくと、

「ちょっとお待ちくださいー！」

とこちらに向かって叫び、そのあとガーッと焼きそばとナポリタンを作ってから、朝のいるテーブルへやってきた。自在に操《あやつ》るヘラテクに、つい見とれてしまう。

「お待たせしました。ご質問があるそうですが」

「すみません、お呼びだてして」

努めて冷静に話をする。いくら心の中が盛り上がっていても、それは外には出さない。

「貸し切りができるかどうか、というのをおたずねしたくて。あ、それから予約も」

「予約はできないんですよ、申し訳ないです。貸し切りについても今のところ、予定はないというか、なかなかそこまでは手が回らなくて――」

「そうなんですか……」

予想していたことではあったが、けっこうがっかりしてしまって自分で驚く。

「秋になったら、カフェを開く予定ですんで、そちらでなら――」

「えっ、ほんとですか⁉」

「はい、チラシお渡ししますね」

と言って、カウンターの上から持ってきてくれた。しっぽがある。結んであるではないか。かわいいな！

「どうぞ」

同じ街、同じ名前なんだ。

「かき氷とスイーツが中心のカフェになりますので、どうぞよろしく」

うわー、冬にも食べられるんだ、かき氷。ちょっと楽しみが増えた。冬かき氷ってまだ挑戦したことないけど。

「それで、もう一つ――」

「なんでしょうか？」

「ここの店内のお写真撮ってもかまいませんか？」

「かまいませんよ」

「SNSに投稿も？」

「はい。わたしは撮影NGですけど」

「そうですか……」

これまたがっかりする。

「どうしてですか？」と訊いてみたかったが、答えは明白だろう。この人は味で勝負したいのだ。でも料理しているのがぬいぐるみだなんて知れたら、興味本位の人が大挙してやってきてしまう。

それはそれで宣伝になるのかもしれないが、この人はいやなんだろう。そんなこと言ってられないという現実もあるけれど、とりあえずこれだけ繁盛していたら、現状維持で充分だ。

帰る前にたくさん写真を撮り、店長（山崎ぶたぶたという名前だという）にお礼を言って、海の家を出た。

店構えも写真に撮った。しかし肝心のかき氷の写真がないんじゃな……。

さっきの男にまた声をかけられたらやだな、と思いながら駐車場へ急ぐ。でもちょっと答えは用意しておいた。っていうか、こう言っておけば満足するんじゃないの。

「かき氷食べに来た！」

と。あんなに推《お》していたんだから。

幸いにも見つからず、車に戻れた。街道《かいどう》沿《ぞ》いによさげなレストランも見つけた。予約もできた！

なんとか明日の準備はできたので、メンバーそれぞれに予定をメールして、待ち合わせ時間の確認などをする。

あの海の家へ行くかどうかはなりゆき次第だが、予約ができないのならあきらめるしかない。朝が帰る時も、人が並んでいたのだ。

その行列の写真を見て、朝はためらっていた。実は、この写真にはあのぬいぐるみ店長――ぶたぶたが写り込んでいるのだ。

いや、それを狙って撮ったのであるが。

しかしあまりにも小さくて、はっきり言ってわからない。

SNSにアップされている写真も見てみる。見切れているのはみんな小さい。ただのインテリアにしか見えない。

そりゃそうだよな。ぬいぐるみなんだもん。

近くで写しているのもあった。しかし、近寄れば近寄るほど当たり前だがぬいぐるみなのだ。動画をアップしているけしからん奴もいたが、これまた合成《ごうせい》としか思えない。

『どうやって撮ったんですか⁉』

と質問されて、

『そのままです～』

とか答えているが、誰も本気にしていない。フォロワーの数が少ない人が適当に（NGなんだからつまり無断で）アップして、そのまま埋もれていくという感じだ。中にはムキになっている人もいたが、かなり痛い印象だった。

自分にそれほど影響力があるとは思っていないけれど、見切れているのに気づかないふりをして写真をアップするのはルール違反《いはん》だ。それが拡散されたら、ぶたぶた店長に迷惑がかかってしまう。

そういえば、声をかけられた男の名前にちょっと憶えがあると思ったら、かき氷の記事をネットに書いていた。かなりの熱量《ねつりょう》でかき氷のことを語っていたが、店長には一切触れていなかった。

そういうことなんだろうな、と思う。あの店長とちょっとでも話をすれば、ネットに彼の情報を出すことをかえってためらってしまう。信じられないことだけれど、他の人にまで信じさせたいとは考えられなくなってくるのだ。

ぬいぐるみだけど、ぬいぐるみじゃないというか——それより、あのかき氷おいしい、とか、新しいカフェに行きたい、とか、そっちに目が行くことになる。話せば話すほど、おそらくぬいぐるみに見えなくなってくる——のかも。

朝は、写真をSNSにアップするのはやめた。やはりここは、もう一度かき氷の写真を撮り直しに行かなくては。カフェの方がいいかなあ。オープン時に取材させてもらえないかなあ——。

ああ、明日合コンじゃなきゃ、またあの海の家に行くのに——と本末転倒《ほんまつてんとう》なことを考えてしまう朝なのだった。

あとがき

お読みいただきありがとうございます。矢崎存美です。

さて、今回のぶたぶたは「海の家」です。

私自身の海の家の思い出をあとがきに——というのが順当な発想なので、思い出そうとしたのですが……なんということでしょう、私にはほとんど海の家の思い出がない!

「ほとんど」ということは多少はあるのですけれど、はっきり言ってかなり乏《とぼ》しい。子供の頃も、大人になってからも数えるほどしか海の家に行っていない。

その理由の一つは、私も「こぶたの家」の尋也《じんや》と同じ、海なし県の出身だからです。

もちろん小さい頃には親に海へ連れていってもらいましたし、大人になってからも遊びに行きましたが、割と海水浴場というような海ではなかった気も……。

今に至っては、海も夏も苦手という人間になっているというのに。

ぶたぶたに限らず、小説を書き始めてから、

「なんであたし、こういうテーマで話を書こうとしたんだ……」

と思うことはしばしばあります。「書こう」と思った時は「楽しそう！」とか「面白そう！」みたいな気持ちしか表面に浮かんでないのですよね。けど書き始めてみると、底に沈んでいる「よく知らない」とか「難しい」とかそういう気持ちというか現実が浮かんでくるのです。きれいな水かと思って入ったら、下の泥が混ざっちゃって濁《にご》ってしまう、というのはよくあることです。

私はいつもこんな感じで原稿書いているのです。書き始める前に気づけよ、と言いたいが、なぜかわからないんですよねえ……。

海の家の思い出を書くのはとりあえずあきらめて、かき氷のことを書こうと思います。

今回の表紙——手塚《てづか》リサさんのイラストももちろんかき氷。カラフルでぶたぶたもリゾート気分です。ありがとうございます！

毎年、私にはなんとなく食のトレンドが（個人的に）あるのですが、去年から今年に

かけてはかき氷です。冬かき氷デビューしたのですよね。

昔は冬にかき氷は食べられなかった。初夏になって「氷はじめました」というのぼりが出て、やっと食べられる。しかし、今は一年中出しているところも多い。天然氷を売りにしたり、頭がキーンと痛くならない氷を出すところも増えています。

頭の痛くならない理由は、口に入れるとすぐに溶けるので、冷たい刺激が少ないからです。氷の温度とか削《けず》り方とかいろいろあるようなのですが、今流行《はや》りの空気を含んでふわふわの氷というのはまさにそういうものです。極限《きょくげん》まで薄く削ったようなシャープな氷も。私は両方大好きです。

薄く削った氷は、冬に食べると氷のエッジがはっきりとわかって、筋《すじ》のように見えるのですよ。

「これは冬にしか出ないものです」

と、とある甘味《かんみ》屋の旦那さんに解説してもらいました。写真を見比べると、夏だとテーブルに来た時点でそのエッジは消えてるんですよね。暖房が効いていても、冬と夏は気温が全然違う。

そうなんですよ。暖房のかかっている店で食べるかき氷は実はすごくおいしい。冬かき氷デビューしてそれがわかったのです。

夏のかき氷は、外で食べるのがおいしい。しかし、当然溶ける速度も速いです。冷房の効いた室内で食べれば、その速度は遅くなる。しかし、食べ終わる頃には寒くなる。何度、唇《くちびる》を紫にしてブルブル震えながらかき氷を食べたことか。夏でも温かい飲み物を飲みながらじゃないとつらい（私は）。

その点、冬は室内が氷が溶けるほど暑くもなく、食べ終わって冷えた身体をさらに冷やすこともない。温かい服装をしているし。冬かき氷、今頃気づいたけど最高だな！と思った次第です。

通年でかき氷が食べられる店はこだわっているところが多いので、シロップやトッピングの果物やアイスなども季節ごとに変わって、飽《あ》きません。いろいろ迷ってしまう。そうは言っても、私が一番好きなのは宇治金時《うじきんとき》。抹茶《まっちゃ》はシロップではなく本物を使ってほしい。甘さはあずきや練乳《れんにゅう》でプラスしてほしい。あずき（あんこ）がおいしいとなおいい。

次点は、やはりいちごを始めとする果物系です。この間は自家製梅シロップのかき氷をいただきました。とてもおいしかったです。果物ごとの、そして店ごとの自家製シロップやソースをどんどん味わいたい。

今回、実際に食べたかき氷も作中に出してみました（架空《かくう》のもありますが）。お楽しみください。

いつものように、いろいろお世話になった方々、ありがとうございました。

ここ数年、夏は閉じこもって原稿を書いてばかりだったので、今年は……思い出を……作りたいけど、暑いよね……。かき氷もお腹《なか》と相談しないとな……。

まずは体力づくりからかなー。

それでは、次のぶたぶたでお会いしましょう。

光文社文庫

文庫書下ろし
海《うみ》の家《いえ》のぶたぶた
著　者　矢《や》　崎《ざき》　存《あり》　美《み》

2017年7月20日　初版1刷発行

発行者　鈴　木　広　和
印　刷　萩　原　印　刷
製　本　ナショナル製本

発行所　株式会社　光　文　社
〒112-8011　東京都文京区音羽1-16-6
電話（03）5395-8149　編　集　部
8116　書籍販売部
8125　業　務　部

ISBN978-4-334-77492-9　Printed in Japan

組版　萩原印刷